続 インドネシア民話の旅

小学生からおとなまで

百瀬侑子　編・訳・解説
渡辺政憲　さし絵・装幀

はじめに

この本は、二〇一五年に出した『インドネシア民話の旅―小学生からおとなまで』の続編《ぞくへん》です。

では、これから、みなさんをインドネシア各地の民話を訪《たず》ねる旅へ、ご案内しましょう。出発する前に、インドネシア（現在《げんざい》の国名は「インドネシア共和国」）やインドネシア民話について、ちょっと学習しておきましょう。

インドネシアは、赤道の東西と南北に大小一万三千以上の島々が連なる、海に囲まれた国です。その形は「赤道にかけられたエメラルドの首飾《くびかざ》り」と美しく表現《ひょうげん》されています。

面積は日本の約五倍、人口は日本の約二倍です。国語はインドネシア語ですが、各地方ではジャワ語、スンダ語、バリ語、バタック語など、地方語が日常生活で使われています。その昔は、民話もまた、地方語で語られていましたが、現在《げんざい》では、小学校の国語教科書や児童用読み物、ラジオやテレビなどで、インドネシア語で紹介《しょうかい》され、学ばれています。

多くの地域《ちいき》は海洋性熱帯気候で、雨期と乾期《かんき》があります。熱帯というイメージが強いですが、高山では冷涼《れいりょう》な気候の所もあります。

広い地域に多くの島があるので、地理的、民族的、言語的、文化的にも多様性に富《と》んでいます。宗教的《しゅうきょうてき》にも多様で、イスラム教徒（人口の約八七％）、キリスト教徒（一一％）、仏教徒《ぶっきょうと》（一％）、ヒンドゥー教徒（一％以下）などからなります。すべてのものに神が宿《やど》ると考える、アニミズムという原始的宗教《しゅうきょう》も残っています。古い民話には、精霊《せいれい》や神々が登場します。

歴史を見ると、インドネシアは、外来文明や文化の影響《えいきょう》を強く受けて発展《はってん》してきたことがわかります。インド文明、中国文明、アラビア文明、ヨーロッパ文明などです。オランダの植民地時代（約三百年）、日本軍占領《せんりょう》時代（約三年半）など、外国の支配も経験《けいけん》しています。民話の中にも、これら外国文化の影響《えいきょう》を見ることができます。

日本とインドネシアは似《に》ているところがあります。海に囲まれた島国であること、自然に恵まれているけれど、地震《じしん》や火山噴火《ふんか》が多いこと、主食はお米であること、そして民話が豊《ゆた》かであることなどです。また、インドネシア民話には、日本の民話とよく似《に》ている話がいろいろあります。

では、この本の内容について、紹介《しょうかい》しましょう。

民話の本文編《ほんぶんへん》は、二つに分かれています。「一章　インドネシア民話の中の変身」、「二章日本の民話、世界の民話と似《に》ている話」です。また、一章は「その1　動物が人になった話」、「その2　人が動物になった話」に分かれています。各民話には伝えられている地域《ちいき》を記入しましたので、巻頭《かんとう》部分にある「インドネシアおよび周辺地図」を見て、だいたいの場所を確認《かくにん》してください。そして、民話をより深く理解《りかい》していただくために、本文編《ほんぶんへん》の次に解説編《かいせつへん》を付けました。解説《かいせつ》を読めば、民話の背景《はいけい》や特徴《とくちょう》を知ることができるはずです。また、各話にはイラストが付いていますから、話のイメージを広げることができると思います。

わたしがインドネシア民話に興味《きょうみ》を持ったきっかけは、インドネシアの大学で日本語を教えていた時のことです。書店の民話本コーナーで、熱心に民話の本を読んでいる小学生を見つけたのです。わたしもそばにある本を開いて、読んでみました。「なるほど、これはおもしろい」と思ったのです。それ以来、書店へ行くたびに、民話本を買いました。民話だけではなく、インドネシアの文化にも、心をひかれました。わたしにとって、インドネシアは第二の故郷《こきょう》です。わたしの大好きなインドネシアについて、インドネシア民話について、一人でも多くの方に知っていただければと思います。

この本で紹介《しょうかい》する民話は一三の話にすぎません。興味《きょうみ》を持った読者は、ほかの本やインターネットで、インドネシア民話を探《さが》してみてください。また、前作の『インドネシア民話の旅──小学生からおとなまで』も、ぜひ目をとおしてください。

この本の読者の中心は、前作と同じく小学校高学年生です。そのため、主に小学校六年間に習う漢字を使いましたが、必要な時は、それ以外の漢字も使いました。ふりがなを付けましたから、読むことができると思います。また、読み聞かせの本として、インドネシア民話の入門書として、おとなにも利用していただけると思います。

では、インドネシア民話の旅を楽しんでください。

二〇一六年一二月

百瀬《ももせ》 侑子《ゆうこ》

周辺地図

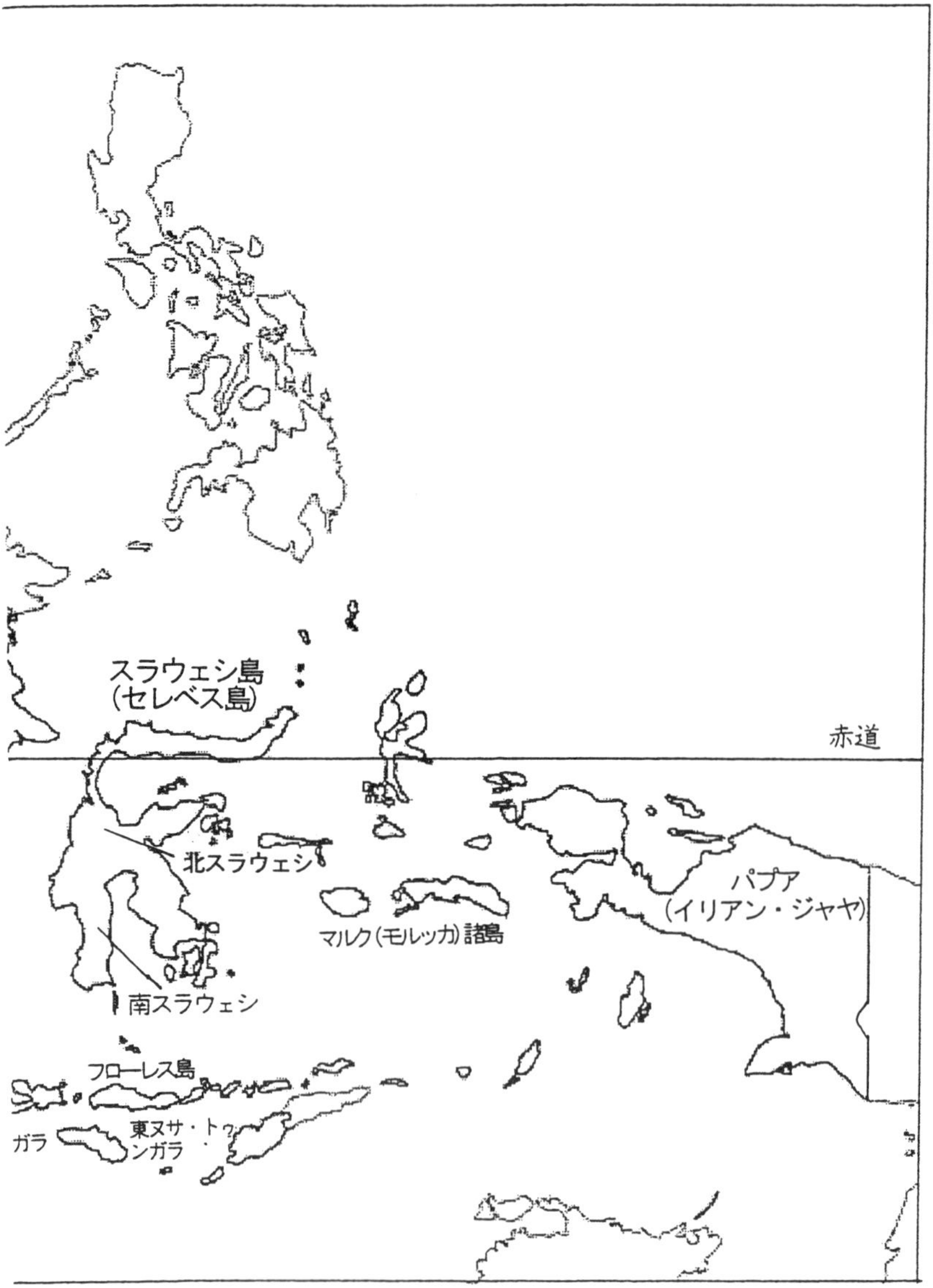

スラウェシ島
(セレベス島)
赤道
北スラウェシ
パプア
(イリアン・ジャヤ)
マルク(モルッカ)諸島
南スラウェシ
フローレス島
東ヌサ・トゥ
ンガラ
ガラ

インドネシアおよび

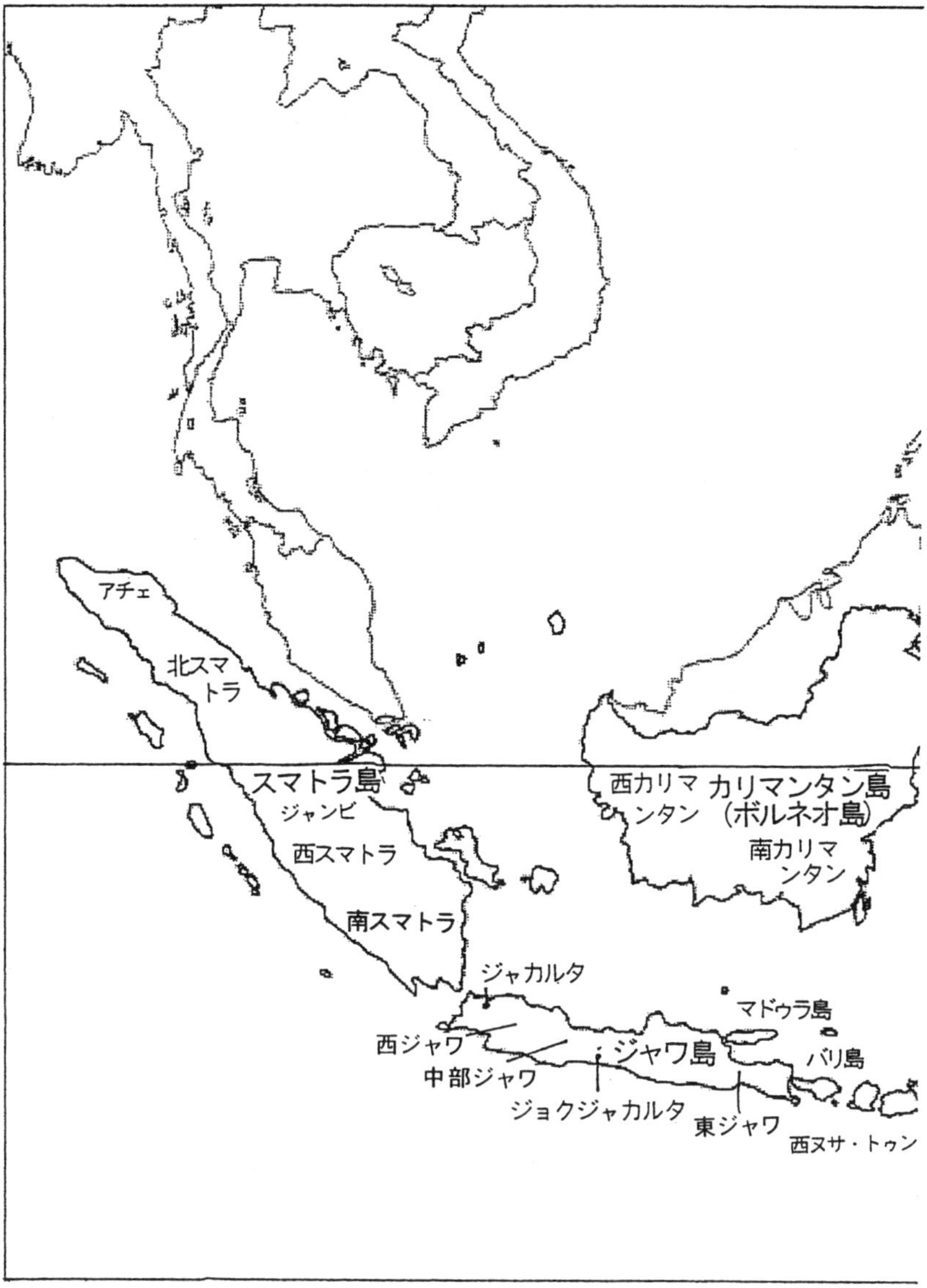
アチェ
北スマトラ
スマトラ島
ジャンビ
西スマトラ
南スマトラ
西カリマンタン
カリマンタン島
（ボルネオ島）
南カリマンタン
ジャカルタ
マドゥラ島
西ジャワ
ジャワ島
バリ島
中部ジャワ
ジョクジャカルタ
東ジャワ
西ヌサ・トゥン

目次

第一部

インドネシア各地の民話

本文編《ほんぶんへん》

一章

インドネシア民話の中の「変身」

その1　動物が人になった話
その2　人が動物になった話

その1　動物が人になった話

①ラジャ・ムダとキジ
――キジと結婚《けっこん》した王子様（北スマトラ地方の民話）

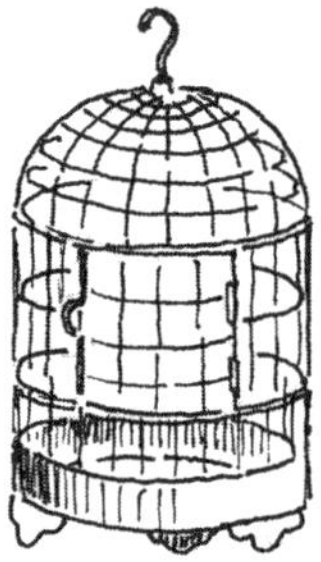

昔、ラジャ・ムダという名前の王子様がいました。結婚《けっこん》したいと思っていましたが、なかなか理想の妻《つま》を見つけることができませんでした。

ある夜、ラジャ・ムダの夢《ゆめ》の中にひとりの老人が現れ、次のように言いました。

「ラジャ・ムダよ、もし結婚《けっこん》したいのなら、まず、浜辺《はまべ》近くに建っている家の前庭へ行ってみなさい。その前庭には、ヤシの木があるはずだ。天界からキジがその木に舞《ま》い下りてきたら、それをつかまえなさい」

夢《ゆめ》のお告げに従《つ》って、ラジャ・ムダは浜辺《はまべ》の家へ行きました。その家の前庭には、数本のヤシの木が生えていました。ラジャ・ムダは前庭に入ると、全身に庭の砂《すな》をかぶってかくれ、ヤシのからを割《わ》って、仮面《かめん》のようにかぶりました。そして、キジが舞《ま》い下りてきた時につかまえるための鳥かごを、近くにかくしておきました。

間もなく、上空から数羽のキジがヤシの木に舞《ま》い下りてきました。それらは姉妹のようでした。末っ子のキジは砂《すな》の上に下りて、遊び始めました。それを見た一番上の姉鳥は、妹に注意しました。しかし、妹は姉の言うことを聞かないで、あたりの様子に注意することもなく、遊んでいました。砂山《すなやま》にかくれていたラジャ・ムダは、キジの声の美しさに聞きほれていました。そして、キジが最も近づいた時、つかまえてかごに入れてしまいました。この出来事を見て、ヤシの木の上にいた姉のキジたちは、あわてて上空へ舞《ま》い上がり、天界へともどってしまいました。ラジャ・ムダは大喜びで王宮へ帰り、キジを入れた鳥かごを居間《いま》に置きました。

夜明け頃《ごろ》になって、キジはかごから出て、とても美しい娘《むすめ》に変身すると、台所へ向かい、ごちそうを作りました。そして、それをテーブルの上に並《なら》べると、再《ふたた》びかごの中に入って、元のキジの姿《すがた》にもどりました。

朝食の時、ラジャ・ムダは料理があまりにおいしいので、不思議に思って、だれが作ったのか料理人たちにたずねました。料理人が言うには、用意をしようとすると、すでにできあがった料理がテーブルに並《なら》んでいたとのことでした。

このようなことが何回か続いたので、ラジャ・ムダは、どうしてそんなことが起きるのかを知りたいと思いました。そこである夜、ねないで様子を確《たし》かめることにしました。

夜明け頃《ごろ》、鳥かごの置いてある部屋の方から奇妙《きみょう》な音がするのが聞こえました。そっとのぞいて、おどろきました。キジが美しい娘《むすめ》に変身している最中だったのです。娘《むすめ》をひと目見たラジャ・ムダは、この娘《むすめ》こそ自分が探《さが》していた結婚《けっこん》相手だと思いました。娘《むすめ》が台所へ行ったので、そのすきに、ラジャ・ムダは急いで鳥かごを自分の部屋にかくしてしまいました。

娘《むすめ》が食事のしたくを終えて、鳥かごの中にもどろうとしました。ところが、鳥かごはありません。あちこち探《さが》しましたが、鳥かごはどこにもありません。そのため、元のキジにもどることができなくなりました。しかたなく、部屋のすみにかくれました。

かくれていた娘《むすめ》を見つけたラジャ・ムダは、何も知らないふりをして、娘《むすめ》にたずねました。

「娘《むすめ》さん、どうしたのですか」

「ここに鳥かごがありませんでしたか」

「知らないなあ。見たことがないなあ」

「そうですか」

娘《むすめ》は今にも泣きそうです。

「娘《むすめ》さん、鳥かごが見つかるまで、ここで暮《く》らしませんか」

天界へもどれなくなった娘《むすめ》は、それを受け入れるしか、道はありませんでした。やがて、ラジャ・ムダとキジの化身《けしん》である美しい娘《むすめ》は結婚《けっこん》することになりました。ラジャ・ムダは美しくかしこい妻《つま》を得て、ほんとうに幸せでした。そして、一年後に、とてもかわいい男の子が生まれました。

その間、天界に住む娘《むすめ》の両親は悲しみにくれていました。もう一年も娘《むすめ》の帰りを待っているのに、もどってこないからです。地上へ娘《むすめ》を探《さが》しに行きたい気持ちでいっぱいでしたが、人間につかまって殺されるのが恐《おそ》ろしくて、できませんでした。

ある日、ラジャ・ムダは王宮にある花園を妻《つま》といっしょに散歩していました。あたりは花のいい香《かお》りでいっぱいです。ラジャ・ムダは、妻《つま》のひざに頭をのせて横になりました。妻《つま》は、夫の頭をゆっくりゆっくりなでています。ラジャ・ムダはとてもよい気持ちでした。そして、ふと、キジの美しいあの鳴き声をもう一度聞きたくなりました。そして、その気持ちをおさえることができなくなりました。

「そなたがキジの時に歌っていた歌を、もう一度聞かせてほしいのだが」

「歌ってさしあげたいのですが、後であなたが悔《く》やむことになります。どうかお許《ゆる》しください」

キジの化身《けしん》である妻《つま》は断《ことわ》りました。しかし、ラジャ・ムダはそれを聞き入れず、何回も催促《さいそく》しました。しかし、妻《つま》はそのたびに断《ことわ》りました。ラジャ・ムダは、妻《つま》が歌を歌うとなぜ自分が悔《く》やむことになるのか、どうしても知りたくなりました。

とうとう夫のたのみを断《ことわ》りきれずに、妻はキジの歌を歌わなければならなくなりました。そして、妻《つま》が歌い始めると、あまりにもその歌声が美しいので、ラジャ・ムダは妻《つま》のひざに頭を乗せたまま、うとうとねむってしまいました。妻《つま》が歌を止めると、ラジャ・ムダは目をさまして、続けるよう促《うなが》しました。妻《つま》がまた歌いだすと、ラジャ・ムダは再《ふたた》びうとうと、いい気持ちになりました。だんだんと歌声は高くなり、妻《つま》の体はぶるぶるとふるえ、涙《なみだ》がはらはらと落ちてきました。やがて、妻《つま》はキジに姿《すがた》を変えていきました。突然《とつぜん》目をさましたラジャ・ムダは、そばに妻《つま》がいないことに気づきました。

ふと上空を見上げると、天界へとはばたいて行くキジの姿《すがた》がありました。ラジャ・ムダは、妻《つま》が再《ふたた》びキジに姿《すがた》を変えて去っていったことを知りました。妻《つま》に歌をねだったことを深く悔《く》やみました。しかし、妻《つま》は二度ともどることはありませんでした。

②リンキタンとクソイ

――クスクスと結婚《けっこん》した娘《むすめ》（北スラウェシ地方の民話）

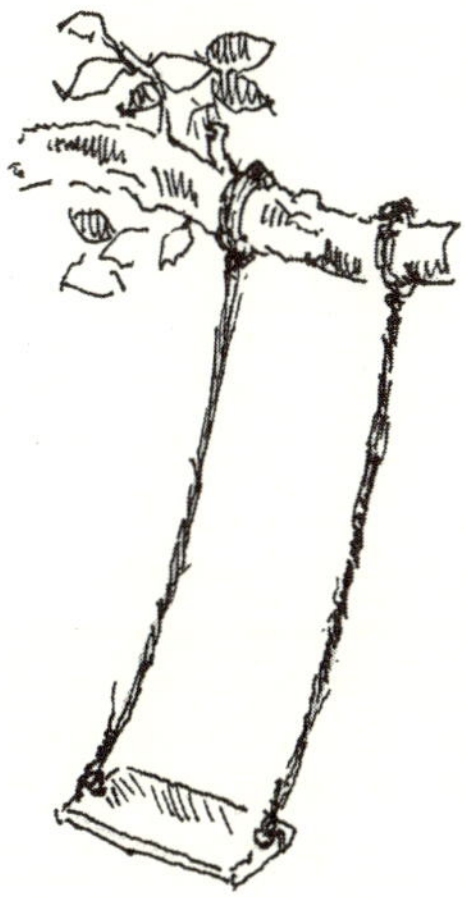

昔、ある海辺の村に九人の娘《むすめ》を持つ漁師《りょうし》がいました。娘《むすめ》たちは九人ともたいそう美しく、その村だけではなく、周辺の島々からも結婚《けっこん》の申しこみが数多くありました。しかし、娘《むすめ》たちは申しこみをみんな断《ことわ》っていました。

ある日、家族みんなでくつろいでいるところに、突然《とつぜん》、動物のクスクス（インドネシアやオーストラリアに住む有袋《ゆうたい》動物で、キツネに似《に》ている）が現れました。不思議なことに、そのクスクスは人間の言葉を話すことができました。そしてなんと、娘《むすめ》のうちのいずれかひとりと結婚《けっこん》したいというのです。

両親は娘《むすめ》たちの気持ちを順番にたずねました。

「あんな動物と結婚《けっこん》するくらいなら、死んだほうがましだわ」

まず、長女が答えました。

八番目の娘《むすめ》まで、答えは同じでした。ところが、リンキタンという名の末娘《すえむすめ》にたずねたところ、結婚《けっこん》を承知《しょうち》しました。リンキタンさえよければと、両親も納得《なっとく》しました。

リンキタンがクスクスと結婚《けっこん》すると、姉たちや村人はいつもリンキタンをあざ笑いました。しかし、リンキタンはクスクスとの生活に満足し、二人は幸せに暮《く》らしていました。

クスクスは毎朝どこかへ出かけ、夕方になると、もどってきました。リンキタンは夫がどこへ行くのか知りたいと思いましたが、直接《ちょくせつ》聞きにくいので、だまっていました。ですから、姉たちから夫の仕事についてたずねられても、答えられませんでした。

ある天気のよい朝、クスクスが出かけると、リンキタンはそっと後をつけました。林の中のやぶを通りぬけ、なおも後をつけていきました。

ある所まで来ると、クスクスはふいに立ち止まり、火をおこしました。すると、煙《けむり》が立ちのぼり、クスクスはりりしい若者《わかもの》に姿《すがた》を変えました。それを見たリンキタンは、びっくりしました。そして、胸がいっぱいになりました。うれしかったのです。しかし、このことは自分だけの秘密《ひみつ》にしておくことにしました。

その出来事の後、だんだんと、リンキタンはクススクスに対して疑問《ぎもん》を増《ま》していきました。

「動物のクスクスがりりしい若者《わかもの》に変身するなどということがあるのだろうか。でも、あれは確《たし》かにわたしが目にした事実なのだ」と思いました。

ある天気のよい朝のこと、クスクスが出かけると、再《ふたた》びリンキタンは後をつけました。

いつものように、クスクスが若者《わかもの》に変身したその時、リンキタンは走り寄《よ》って、ほほえみながら若者《わかもの》の両手をとりました。

「もう、クスクスにもどらないでちょうだい。姉たちにあなたがクスクスではなくて、こんなにすてきな人だということを知らせたいわ。これで、わたしに対する態度《たいど》を変えさせることができるわ」

「わかった」

やがて、二人は楽しそうに語り合いながら、家に向かいました。

「ねえ、あなたの名前はなんというの」

「クソイだ」

「クソイ」

リンキタンはつぶやきました。かれにぴったりのいい名前だと思いました。

ところが、リンキタンとクソイがとても仲むつまじいので、姉たちはねたましく思い、二人を別れさせたいと考えました。

ある日、二人が寄《よ》りそって話をしている時、クソイはリンキタンに言いました。

「もっとかせがなければならないから、旅に出ようと思うんだ。数週間、あるいは数か月は帰れないかもしれないけれど」

リンキタンはひとり残されるのはいやでしたが、しかたがありませんでした。

出かせぎに出てから数か月後のことです。クソイがたくさんの土産《みやげ》を持って帰ってくるという知らせが届《とど》きました。リンキタンは大喜びで、海岸までむかえに行きました。すると、姉たちもむかえに出ていました。実は、姉たちはあるたくらみを持っていたのです。

岸辺には、枝《えだ》を大きく張《は》った大木が一本立っていました。そして、人々が十分に遊べる広場がありました。すてきなブランコもあります。姉たちは順番にブランコに乗っています。そのうちリンキタンの番になりました。はじめのうちは、ゆっくりゆっくりと押《お》してくれたのですが、だんだん強く、高くなっていきました。そして、ついにリンキタンはブランコから放り出されて、大木の枝《えだ》に引っかかり、長い髪《かみ》は小枝《こえだ》に結びつけられてしまいました。下を見ると、深い海がせまっていました。

リンキタンは助けを求めてさけびましたが、姉たちはとっくににげて、そこにはいません。リンキタンは、どうしたらいいかわかりませんでした。しばらくして、遠くを見ると、船がこちらへ向かってきます。やがて、船は木の下に広がる海を通り過《す》ぎようとしました。

「遠くからやってきた船よ。わたしに教えておくれ。クソイは今どこにいるの」

「遠くからやってきた船よ。わたしに教えておくれ。クソイは今どこにいるの」

「クソイはすぐそばにいるよ」

リンキタンと船の間で、このようなやりとりがありました。三回目のやりとりが終わると、船はピタリと止まりました。

「そこにいるのは、だれだい？」

「わたしはリンキタン。夫を出むかえに来たの」

その声を聞いたクソイは、すぐに木に登っていきました。

「リンキタン、わたしはクソイだよ。こんな所で何をしているんだ」

「クソイ！　姉さんたちがブランコに乗ったわたしを強くゆすったの。それでこの木に引っかかってしまったの」

クソイは枝《えだ》に引っかかっているリンキタンを、木から下ろして助けました。そしてこれまでの出来事をリンキタンから聞きました。

「なんてひどいことをするんだ。でも、もういい。すべては終わったことだ」

すぐに、クソイは使用人を呼《よ》び、大きな箱のふたを開けさせ、その中にリンキタンを入れました。近くには、おおぜいの村人が集まってきていました。そして、出発の時よりずっと立派《りっぱ》な服を身につけたクソイを不思議そうに見ていました。

クソイの家では、すでに八人の姉たちが待っていました。姉たちはクソイの気を引くために、きれいな服を着ていました。しかし、クソイはそれに目もくれず、すぐに言いました。

「妻《つま》はどこですか。どうしてむかえに来なかったのですか」

「数日前に、浜辺《はまべ》で姿《すがた》を見かけたわ。でも、それ以来、姿《すがた》を見ていないわ」

「海岸に到着《とうちゃく》した時、木の枝《えだ》にひっかかった女の人を見ました。わたしが助けて、連れてきています。ここへ呼《よ》びますから、わたしのそばにいすを用意してください」

間もなく、宝石《ほうせき》でかざり、美しい服を着たリンキタンが現れました。みんなの前に並《なら》んだリンキタンとクソイは、とても似合《にあ》った夫婦《ふうふ》に見えました。そこであらためて、二人は村の人々を招《まね》いて盛大《せいだい》な結婚式《けっこんしき》をしました。

いじわるをしたリンキタンの姉たちは、これまでのことをあやまり、許《ゆる》しをこいました。

それ以来、リンキタンとクソイは仲良く幸せいっぱいに暮《く》らしたということです。

③ヘビのダンダウン

――ヘビと結婚《けっこん》した王女様（南カリマンタン地方の民話）

　昔、ある所に王国がありました。広い国土では、あふれるほどの産物がとれました。その国の王様はかしこく公平な人でしたから、富《とみ》をひとりじめすることもなく、人々に分けあたえました。国中はおだやかで、人々は安心して生活できました。また、他の国と争うこともなく、これまで平和が続いていました。

　しかし残念なことに、その平和は突然《とつぜん》壊《こわ》されてしまいました。まったく予想もできないような悲劇《ひげき》が起きたのです。なんと、巨大《きょだい》な鳥におそわれたのです。空を真っ暗におおいつくすほど大きな体を持ち、話し声が聞こえないほど大きな音をたててはばたく鳥でした。このような巨大《きょだい》な鳥におそわれた人々は、恐怖《きょうふ》のあまり何もすることができませんでした。

たちまちのうちに、国土はすっかり荒《あ》れてしまいました。建物はすべて壊《こわ》され、木々はたおされてしまいました。そして、人々は木々や建物の下じきになって死んでしまいました。これまで栄えていたその国は、まるで戦争に敗れたかのように、すっかり破壊《はかい》されてしまったのです。動物も植物もあらゆる命が失われてしまいました。

奇跡的《きせきてき》に、王様とお妃《きさき》様と七人の王女様は生き残りました。しかし、再《ふたた》び攻撃《こうげき》されるのではないかと恐怖《きょうふ》におののいていました。草は一本も残っていないので、今度おそわれれば、かくれる場所はどこにもありません。命がうばわれることは明らかです。

いつおそわれるかもしれない恐怖《きょうふ》が続くなか、王様たちをさらに絶望《ぜつぼう》させる出来事がありました。どこからともなく、一匹《いっぴき》の巨大《きょだい》なヘビが姿《すがた》を現したのです。ヘビは頭をもたげ、口から大きな舌《した》をチョロチョロと出したり引っこめたりしています。王様たちはおたがいに身をひとつに寄《よ》せ合い、死を覚《かく》悟《ご》しました。

「王様、恐《おそ》れる必要はありません。わたしは何もいたしません。わたしの願いを聞いていただきたいだけなのです」

突然《とつぜん》、ヘビは言葉を発しました。ヘビが人間のように話ができることを知って、王様たちは少し恐怖《きょうふ》がうすれました。

「そなたは何者じゃ」

「ダンダウンと申します。ヘビのダンダウンでございます。わたしに王女様のおひとりを妻《つま》にいただきたいのです」

ヘビの希望を聞いた王様は、困《こま》ってしまいました。しかし、すぐに断《ことわ》る勇気

がありませんでした。断《ことわ》ればどんな結果になるかを、恐《おそ》れたからです。

王様はヘビに言いました。

「断《ことわ》ることも承知《しょうち》することもできない。まず、娘《むすめ》たちの気持ちを確認《かくにん》する必要がある」

そこで、王様は上から順番に娘《むすめ》たちの気持ちを確認《かくにん》していきました。長女から六女までは、みんな断《ことわ》りました。もし娘《むすめ》たちがみんな断《ことわ》ることになれば、どんな結末になるのか、ということを王様は恐《おそ》れました。

しかし、意外にも末っ子にたずねると、

「妻《つま》になる覚悟《かくご》はできております」

と答えました。

この言葉を聞いた姉たちは、妹にあざけりとさげすみの言葉を浴びせました。しかし、末っ子はとまどうことなく、ヘビの申し出をきっぱりと受け入れました。こうして末っ子の王女様はヘビと結婚《けっこん》することになったのです。

ある晩、王女様がふと目をさまし、おどろきました。となりに横たわっているのがヘビではなく、立派《りっぱ》な姿《すがた》の若者《わかもの》だったからです。とまどっている王女様に向かって若者《わかもの》は言いました。

「わたしはほかでもない、ヘビのダンダウンだよ。おまえの夫だよ。今ちょうど魔法《まほう》が解《と》けて、元の姿《すがた》にもどれたのだ」

この出来事を知った王様夫妻《ふさい》はたいへんおどろき、その上、立派《りっぱ》な息子《むすこ》ができて大喜びでした。一方、六人の姉たちはどんなに後悔《こうかい》したことでしょう。

その後、若者《わかもの》は王国をほろぼした巨大《きょだい》な鳥を退治《たいじ》しました。そして、王様がお亡《な》くなりになった後、王位をつぎました。もちろん、王女様はお妃《きさき》様になり、二人は長く幸せに暮《く》らしたということです。

④サリオト伝説

――魚と結婚《けっこん》した若者《わかもの》（北スマトラ地方の民話）

昔、ある村にサリオトという若者《わかもの》がいました。幼《おさな》い時に父親が死んでしまったので、母親と二人で暮《く》らしていました。

毎日、サリオトは朝から夕方まで畑で働きます。それが終わると、川へ行って魚をとるために、竹で編《あ》んだわなをしかけます。そして翌朝《よくあさ》、川へ様子を見に行きます。魚がわなの中に入っている時は、家へ持って帰り、母親に料理をしてもらいます。サリオトは、毎日、このようにして過《す》ごしていました。

ある朝、サリオトはわなを調べに川へ行きました。しかし、その日は一匹《いっぴき》も魚がかかっていませんでした。でも、中のえさは無くなっていました。サリオトはこれを見て、「おかしいなあ」と思いました。これまで魚がかからないということは一度もなかったからです。

それから一週間、ずっと魚がとれませんでした。

「ねえ、サリオト、どうして魚を持ってこなくなったの?」

「母さん、もう一週間も魚がとれないんだよ。しかけたえさは無くなっているのに」

サリオトは答えました。

ある朝また、川へわなを見に行きました。水中から竹で編《あ》んだわなを引きあげ、中を見ておどろきました。中にとても大きな魚がいたからで

す。その魚は美しく、金色にかがやいていました。サリオトは大喜びで、その魚を持ち帰りました。

家に着くと、母を呼《よ》びました。

「母さん、母さん、大きな魚をつかまえたよ」

しかし、答えがありませんでした。そこで、サリオトは、庭にある高床《たかゆか》の小屋に魚を置いて、あちこち母を探《さが》し回りました。家の中も探《さが》しましたが、母はいないので、再《ふたた》び外へ出ました。ふと、魚を置いた小屋の方を見て、びっくりしました。さっき魚を置いた場所に、とても美しい娘《むすめ》がすわっていたのです。ところが、金色の魚の姿《すがた》はもう見えなくなっていました。

思い切ってサリオトは、にこにこ笑っている娘《むすめ》に近づいて、たずねました。

「いったい、君はだれなの？」

「わたしはさっきあなたが床《ゆか》に置いた魚よ」

そして、娘《むすめ》はこの家に住まわせてほしいとたのみました。娘《むすめ》の美しさにひかれたサリオトは、そのたのみを受け入れました。

娘《むすめ》といっしょに住むようになってからしばらくたったある日、サリオトは娘《むすめ》に結婚《けっこん》してくれる気持ちがあるかどうか、たずねました。娘《むすめ》はある約束を守ってくれれば、結婚《けっこん》してもよいと答えました。その約束というのは、「米ぬかをえさにして妻《つま》を手に入れた」と、決して言わないということでした。魚をつかまえる時のえさは、米ぬかなのです。

やがて二人は結婚《けっこん》しました。妻《つま》をむかえてからのサリオトは、さらに一生懸命《いっしょうけんめい》に畑仕事をするようになりました。

毎朝出かける前に、サリオトは必ず妻《つま》にごはんと重湯《おもゆ》（ごはんをたく時にできる汁《しる》）を畑まで届《とど》けるのを忘れないようにたのみました。サリオトは重湯《おもゆ》を飲むと、力が付いて元気になるので、大好物なのです。

ある日、妻《つま》がサリオトに昼ごはんを届《とど》けに行くとちゅう、聞いたことのないような鳥のさえずりが聞こえてきました。妻《つま》は心をひかれて、鳥のさえずりが聞こえてくる木の下で足を止めました。そのうち、鳥の歌声に合わせて踊《おど》りだしました。夫に昼ごはんを運ぶとちゅうであることも、重湯《おもゆ》がこぼれてしまうことも忘れて、踊《おど》りに夢中《むちゅう》になってしまいました。

一方、サリオトはおなかがすいて、妻《つま》が昼ごはんを届《とど》けるのを今か今かと待っていました。妻《つま》が畑に着いた時には、サリオトはきげんを悪くしていました。そして、大好きな重湯《おもゆ》妻《つま》がこぼれて、無くなってしまったことを知ると、不満はいかりへと変わりました。しかし、妻《つま》はどうしておくれたのか、どうして重湯《おもゆ》をこぼしたのか、まったく言いわけをしませんでした。

その後も、同じようなことが何回も続き、サリオトは妻《つま》を許《ゆる》すことができなくなりました。七日目に、サリオトは妻《つま》へのいかりを爆発《ばくはつ》させてしまいました。そして、ついに、「妻《つま》を米ぬかで手に入れた」という決して言ってはいけない言葉を言ってしまいました。

その時、突然大地震《とつぜんおおじしん》が起きて、大雨が降《ふ》りだしました。やがて、サリオトの住む村は地中深く深くのみこまれていってしまいました。これがサリオト伝説として古くから伝えられている話です。

その2　人が動物になった話

①パディ・ムダ
――鳥になった少女（北スマトラ地方、アチェの民話）

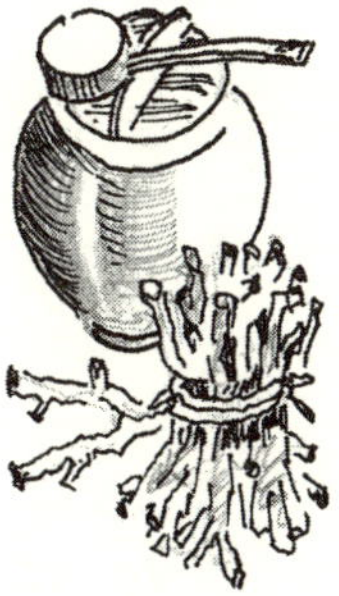

ある村に一軒《いっけん》の農家がありました。父母と子ども二人の四人家族です。子どもは上が女の子で、下はまだ赤ちゃんの男の子です。

稲刈《いねか》りの季節がやってくると、父親と母親は黄金色《こがねいろ》に実った稲《いね》を刈《か》りに田へ行きました。

ある日突然《とつぜん》、父親が病気でたおれ、数日後に亡《な》くなってしまいました。

残された家族は悲しみに包まれました。家の大黒柱だった父親が永遠《えいえん》にいなくなってしまったからです。

それから数週間後、母親は幼《おさな》い子どもたちを残して、稲刈《いねか》りをするために、田んぼへ出かけることになりました。

出かける前に、母は娘《むすめ》に言い聞かせました。

「しっかり留守番《るすばん》をするのよ。まず、弟をゆりかごにねかせなさい。それから、水がめに水をいっぱいにためてね。たきぎを探《さが》して、ごはんをたいておきなさい」

「うん、わかった。あの、お母さん、お願いがあるの」

「なに？」

「パディ・ムダ（実ったばかりのやわらかい稲穂《いなほ》）が食べたいの。とってきてね」

娘《むすめ》は母にたのみました。

母が出かけると、娘《むすめ》は母に言われたとおり、仕事にとりかかりました。

一方、母は時間が過《す》ぎるのも忘れて、稲刈《いねか》りに熱中しました。刈《か》りとった稲《いね》が山のようになりましたが、それでも休まず、稲刈《いねか》りを続けました。

夕方になり、

「もう日が暮《く》れてきたよ。さあ、家へもどろう」

と仲間に呼《よ》びかけました。

「ああ、もう、夕暮《ゆうぐれ》だね」

と仲間たちが答えました。

家にもどると、娘《むすめ》は入り口で母を待ちかまえていました。そして、がまんしきれずにたずねました。

「お母さん、わたしがたのんだパディ・ムダは?」

母はそれを聞いてはっとしました。稲刈《いねか》りに夢中《むちゅう》のあまり、娘《むすめ》のたのみを忘れていたからです。

「ごめん、忘れちゃった。仕事に夢中《むちゅう》になって。気がつくと、夕方になってしまって。もうパディ・ムダをとる時間がなくなってしまったのよ」

その晩、母はぐっすりとねむりました。とてもつかれていたからです。翌朝《よくあさ》、母はまた稲刈《いねか》りに行くためにしたくをしました。出かける前に、娘《むすめ》に言いました。

「しっかり留守番《るすばん》してね。弟をゆりかごに入れなさい。水がめに水をいっぱいにするのを忘れないように。ごはんをたくのも忘れないようにね」

きのうと同じように、娘《むすめ》は母にたのみました。

「パディ・ムダを持ってきてね、お母さん」

「わかった。今度は忘れないようにするわ」

母は、田んぼで仲間たちとおしゃべりしながら稲刈《いねか》りをしました。夕方になるのも気づかないほど、一生懸命《いっしょうけんめい》に働きました。そして、あわてて家へ帰りました。そのため、娘《むすめ》にたのまれたパディ・ムダを持ち帰るのをすっかり忘れてしまいました。

一方、娘《むすめ》は母にたのまれた仕事を全部きちんと片付けました。弟の世話をし、留守番《るすばん》をし、たきぎを探《さが》し、ごはんをたきました。

母が帰ってくると、娘《むすめ》はすぐにたずねました。

「お母さん、パディ・ムダをとってきてくれた?」

「ごめん。とってもいそがしかったので、時間がなかったの。明日は必ず持ってくるからね」

「わかったわ、お母さん」

ところが、翌日《よくじつ》もまた同じように、母は娘《むすめ》との約束を忘れてしまいました。なんと三日も続けて、娘《むすめ》のたのみを忘れてしまったのです。

その日、母親はいつもより早く出かけました。娘《むすめ》はいつものようにしっかりと留守番《るすばん》をしました。空いている入れ物すべてに水を満たし、まきもできるだけたくさん集めて、床下《ゆかした》にきちんとしまいました。米をついて、ごはんをたく準備《じゅんび》をしました。弟に水浴びをさせて、ゆりかごにねかせました。いつもより一生懸命《いっしょうけんめい》に働きました。

娘《むすめ》は思わず、つぶやきました。

「お母さんはわたしのたのみを三日も続けて忘れてしまったわ。どうしてわたしの願いをかなえてくれないのかしら」

思い出すたびに、悲しくなりました。胸《むね》がいっぱいになりました。そして、空想の世界へと入っていきました。

「もし鳥になれれば、田んぼまで飛んでいって、おなかいっぱい、やわらかくておいしいパディ・ムダを食べられるのになあ」

やがて、娘《むすめ》は神様にお願いすることにしました。

「神様、どうかわたしを鳥にしてくださいませ」

それから間もなく、娘《むすめ》は願いどおり、ほんとうに鳥になってしまったのです。体はふんわり軽くなり、飛べるようになりました。そして、田んぼへと飛んでいきました。上空か

ら、母親が稲刈《いねか》りをする姿《すがた》が見えました。
母を見ながら、鳥になった娘《むすめ》は歌うようにさえずりました。

お母さん、お母さん
パディ・ムダをくださいな、くださいな
水がめに水はいっぱい
たきぎの束はできている
弟はゆりかごの中
やわらかいパディ・ムダをくださいな、くださいな

この声を聞いた母親はおどろきました。しかし、その声の主は娘《むすめ》ではなく、鳥だろうと思いました。あぜ道に立つ木の上の方から聞こえてきたからです。
再《ふたた》び、さえずりが聞こえてきました。鳥の歌声は前よりもはっきりと聞きとれるようになりました。ようやく母親は、その声がパディ・ムダを求める娘《むすめ》の声に似《に》ていることに気がつきました。

はっとした母親は、娘《むすめ》のためにパディ・ムダをとって、あわてて家へもどりました。しかし、いつものように入り口でむかえる娘《むすめ》の姿《すがた》はありませんでした。

「ただいま。母さんだよ。パディ・ムダを持ってきてあげたよ。どこにいるの？」

母親はさけびました。しかし、おくを探《さが》しても娘《むすめ》はどこにもいません。前庭にもいません。

ふと見ると、屋根の上に一羽の鳥が止まっていました。

「わたしはここよ」

「どこにいるの」

「ここよ。お母さん。わたし、鳥になってしまったの」

「下りてきなさい。さあ、パディ・ムダを持ってきてあげたよ」

「もう、下りることはできないわ。神様がわたしをこのような姿《すがた》にお変えになったのだから」

それを聞いて、母は涙《なみだ》がかれるほど泣きました。鳥は屋根の上からしばらく下の方をじっと見ていましたが、やがて近くの木の上に飛び移りました。そして、さえずりながら、はるか向こうの大木のてっぺんをめざして飛び去りました。

お母さん、お母さん
パディ・ムダをくださいな、くださいな
水がめに水はいっぱい
たきぎの束はできている
弟はゆりかごの中
パディ・ムダをくださいな、くださいな

そして、鳥は二度と姿《すがた》を見せることはありませんでした。母親は自分の行いを悔《く》やんでも悔《く》やみきれませんでした。

②タン・トゥッ

——鳥になった少年（南スマトラ地方の民話）

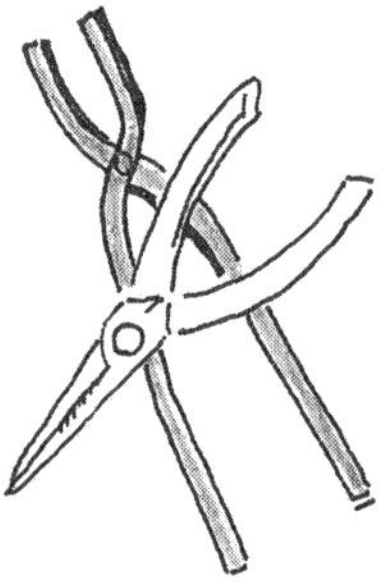

昔、ある漁村の浜辺《はまべ》に建てられた小屋に、兄と弟が住んでいました。高床式《たかゆかしき》の建物で、床《ゆか》は木で屋根はシュロの葉で造《つく》った家でした。両親はずっと前に亡《な》くなって、今は二人だけです。

兄は毎日小舟《こぶね》をこいで海へ魚をつりに行きます。とった魚の一部は自分たちが食べ、一部は米や日用品を買うために売りました。

兄が仲間と漁《りょう》に出ている間、弟は家事をしたり、畑仕事をしました。

「きょうは魚があまりとれなかったよ。ぼくたちが食べるだけしかない。満月が近いからね。魚が海中深くもぐっちゃうんだ」

「兄さん、かまわないよ。一週間前に作った塩魚がまだたくさん残っているよ。今週いっぱいはだいじょうぶだ。きのうは、浜辺《はまべ》で貝をたくさんとったしね」

弟は兄を安心させるように言いました。テーブルには温かいごはんが用意されています。おなかのすいた二人はムシャムシャと食べました。二週間ほど前から、食料が少なくなってきたので、この日は海がしけているにもかかわらず、兄は漁《りょう》に出たのです。大波のために漁《りょう》に出る人はあまりいません。出たとしても、沖《おき》の方までは行けません。

「兄さん、ぼくも漁《りょう》に出たいんだけど」

「だめだよ。家にいたほうがいい」

「でも、家の仕事はあまりないよ。畑の仕事も今はあまりないしね」

ずっと以前から、弟は兄を助けたいと考えていました。体は兄に負けないほど大きく、がんじょうになりました。だめだという理由はないはずだ、と弟は思いました。

「だめだよ。今は高波だからね。つりはぼくに任《まか》せておけよ」

「兄さんはいつもぼくを子どもあつかいするけど、二人で漁《りょう》に出ればもっとたくさんとれるよ。そうすれば、家のかべを新しくすることができるよ。もうこんなに穴《あな》がたくさん開いているじゃないか」

弟は壊《こわ》れかけているかべを指しながら言いました。

「でもね、おまえは海の恐《おそ》ろしさを知らないんだよ。父さんと母さんが大波にのみこまれたことを、おぼえているかい」

兄は目をうるませ、涙声《なみだごえ》になりました。まるできのうの出来事のように、まぶたにうかんできたからです。父は母の命だけでも助けようとがんばりましたが、二人とも高波にのまれてしまったのです。

「どうしてそんなに海を恐《おそ》れなければならないんだよ。ぼくたちは、波やうねりとともに生きていかなければ、しかたないじゃないか。いずれは父さんや母さんと同じ運命になるのはさけられないよ。それがぼくたちの運命なんだ」

弟はきっぱりと言いました。

弟は決心がかたいようです。兄はしばらくだまったまま考えていました。弟の言うとおりだ、恐《おそ》れる必要はないと思いました。

「わかった。でも、ぼくの言うとおりにして、よく気をつけるんだよ」

こうして、兄は弟の望みをかなえてやることにしたのです。

翌朝《よくあさ》早く、兄弟はすでに海の上にいました。弟は口笛《くちぶえ》をふきながらうれしそうに帆《ほ》を広げています。風を受けて、舟《ふね》が大きく進んでいきます。兄は弟を満足そうに見ています。

弟の後ろ姿《すがた》がたくましく見えます。弟はすばやくつり糸を放っています。次々と魚がかかり、かごはいっぱいになりました。

「兄さん、この魚を焼いて食べたらおいしいだろうね」

「煮《に》て食べたほうがおいしいよ」

「そうだね。きっと兄さんは食べ始めたら止まらなくなるね。ワハハハハ……」

弟は兄をからかいました。

「昔、おまえは父さんが作ったトゥラシ（魚で作ったしょうゆ）をよくかくしたことがあったなあ」

兄も言い返しました。

「兄さんもよく母さんが作った魚の塩づけをぬすんだよね」

「もういい。変なことをおぼえているなあ」

兄はつり針《ばり》にかかった魚をいそがしそうにはずしながら言いました。

二人は幸せでした。二人の話し声は波の音とひとつになってひびきました。

舟《ふね》はだんだんと沖《おき》の方へ向かっていきました。浜辺《はまべ》の家々は遠くかすかに点のように見えました。立ち並《なら》ぶヤシの木は、てっぺんの部分だけがつながって、曲線をえがいています。

「舟《ふね》を岸にもどそう。少し沖《おき》に来すぎたようだ。強風が来たら舟《ふね》はやられてしまう。ほら、見てごらん。黒い雲が出てきた」

兄は黒い雲が出てきた方角を指し示しました。先ほどまで輝《かがや》いていた太陽は、みるみるうちに黒い雲におおわれ、風が強くなってきました。波も高くあわ立ってきました。舟《ふね》が激《はげ》しくゆれ始めました。さらに風が強くなり、舟《ふね》の帆《ほ》がバリバリと音を立てています。

「さあ、急いで。帆《ほ》を下ろすんだ」

兄は命じました。

弟はめちゃくちゃに帆《ほ》のつなをひっぱりました。しかし、帆《ほ》を下ろす前にマストが折れてしまいました。舟《ふね》は少しずつ浸水《しんすい》し始めました。

「早く、道具箱の中にあるペンチとヤットコを出せ。マストを修理《しゅうり》しなくちゃ」

兄は舟《ふね》の中にある道具箱を示しながら言いました。弟は道具箱の中を探《さが》しましたが、ペンチもヤットコも見つかりません。

「もう一度よく探《さが》せ」

「舟《ふね》がしずまないうちに、岸へたどり着くしかないよ」

幸い強い追い風を受けて、舟《ふね》は浜《はま》に着くことができました。しかし、つった魚はすべて波に流されてしまいました。

「家へ行って道具を探《さが》してこい。水もれを修理《しゅうり》しなければ」

「兄さん。うちへもどったほうがいいよ。あした修理《しゅうり》すればいいじゃないか。どうして今やらなくちゃいけないの」

「あれこれ言うな。道具を持ってくればいいんだ。

仕事を先送りするんじゃない」

兄は弟に命じました。

弟は家へ走っていき、ペンチとヤットコを探《さが》しましたが、どこにもありませんでした。

「兄さん、うちにもなかったよ」

水もれをふさいでいる兄に向かってさけびました。

「ベッドの下を探《さが》してみろ」

弟が家にもどり、もう一度よく調べると、兄の言ったように、ベッドの下にありました。

急いで兄のもとに持っていきました。

ところが、なんと兄の姿《すがた》は舟《ふね》とともに消えていたのです。どうしていいかわからなくなりました。大声でさけびながら兄を探《さが》しました。よく見渡《わた》せる高い場所から、兄を呼《よ》びました。

「兄さん！　ペンチがあったよ。ヤットコもあったよ。ほら」

こうさけんでも、答えはありません。兄は舟《ふね》とともに波にさらわれてしまったのです。

弟はどうしていいかわからず、ただ岩に腰《こし》かけていました。悲しみでいっぱいです。兄は自分をおいていってしまったのです。そのうえ、住んでいた家も波にさらわれてしまいました。弟はうつろな目をして、次のようにくり返しました。

「タン、トゥッ、タン、トゥッ、タン、トゥッ・・・」（タンはペンチ、トゥッはヤットコのことです）

そして、そのうちにつかれて、ねむりこんでしまいました。

目をさますと、弟は体が緑色で黄色味がかった羽の鳥に変身していました。そして、浜辺《はまべ》にそって飛び回りながら、鳴き続けました。

「タン、トゥッ、タン、トゥッ、タン、トゥッ・・・」

今でも、バンカ島の海岸付近には、いなくなった兄を求めて「タン、トゥッ、タン、トゥッ、タン、トゥッ」と鳴きながら飛び回る、鳥の姿《すがた》が見られるということです。

③金のカタツムリ

——カタツムリになった王女様（東ジャワ地方の民話）

昔、ダハ王国に、チャンドラ・キラナという名前の王女様がいました。とても美しく、その話し方は上品でした。王女様はカフリパン国の王子イヌ・クルタパティと婚約《こんやく》したばかりでした。イヌ・クルタパティはチャンドラ・キラナにぴったりの、りりしく、とてもかしこい人でした。

この二人の婚約《こんやく》は多くの人々に歓迎《かんげい》されましたが、王女様の親族のひとりであるガル・アジェンだけはちがいました。実は、この王女様と結婚《けっこん》したいと思っていたからです。

「なんとかして、この結婚《けっこん》を壊《こわ》してやるぞ」

ガル・アジェンはこう決心しました。そして、だんだんと王女様をにくむようになりました。ある日、ガル・アジェンは王女様に魔法《まほう》をかけるように、魔女《まじょ》にたのみました。そのうえ、王女様のことをあれこれ言って、悪いうわさを広めました。でも、それはみんなうそでした。

それに乗せられた王女様の父親、ダハ王国の王様はガル・アジェンの言葉にだまされ、王女様を王宮から追い出してしまったのです。王宮から追い出された王女様は、行く所がありません。不運な王女様は目的もなく、さまよい歩くうち、ある浜辺《はまべ》にたどり着きました。そこで、ガル・アジェンにたのまれた魔女《まじょ》によって、金のカタツムリに姿《すがた》を変えられてしまいました。

金のカタツムリは波にゆられて、ダダパン村に近い浜辺《はまべ》まで運ばれていきました。その村には、ひとりのおばあさんが住んでいました。毎日、浜《はま》で魚をとって生活していました。ある日、おばあさんが魚をとっている時、浜辺《はまべ》にうちあげられた金のカタツムリを見つ

けました。

「なんてきれいなカタツムリなんだ。うちへ持って帰って、飼《か》うことにしよう」

おばあさんは、カタツムリをうちへ持って帰りました。そして、この不思議なカタツムリを水がめの中に入れました。

数日たったある日、いつものように、おばあさんは魚をとりに浜《はま》へ出かけました。しかし、その日は運悪く、一匹《いっぴき》も魚がとれません。

「なんてこと、きょうは一匹《いっぴき》もとれないわ」

おばあさんはこう言って、うちへ帰りました。

うちへ着いてみると、なんと、テーブルにはおいしそうな食べ物がたくさん並《なら》んでいるではありませんか。不思議に思いながらも、おばあさんはとてもおなかがすいていたので、残らず食べてしまいました。

食べ終わると、おばあさんはこの不思議な出来事について、いろいろと考えてみました。

「いったい、だれが料理を作ったんだろう」

いくら考えても、思い当たりませんでした。このようなことが毎日続いたので、おばあさんはだれが料理を作ったのか、どうしても知りたくなりました。

ある日、おばあさんは浜《はま》へ出かけるふりをして、家から数歩出た所で、そっと引き返しました。

「へえっ！」

カタツムリを入れた水がめの中から、煙《けむり》が立っているのを見たおばあさんは、びっくりしました。煙《けむり》とともに、美しい娘《むすめ》が現れたからです。娘《むすめ》はすぐに台所へ向かい、火をおこしてごはんを

たき、料理を作りました。おばあさんは、娘《むすめ》の動きをじっと注意深く見守りました。どうしてこのようなことが起きるのか、信じることができませんでした。料理の材料はいったいどこから持ってきたのでしょうか。

「あんたはだれだい」

娘《むすめ》はおどろいて、ふり返りました。

「わたくしは……、わたくしはダハ王の娘《むすめ》です。身内にわたくしをうらむ者がおり、魔法《まほう》にかけられて、カタツムリに変えられてしまったのです。再《ふたた》び婚約者《こんやくしゃ》に会えるまでは、この魔法《まほう》は解《と》けないのです」

こう言うと、王女様の姿《すがた》はだんだん小さくなり、カタツムリにもどってしまいました。

おばあさんはじっと考えました。

「うらみは人の心を迷《まよ》わせ、人を不幸にするのだ」

おばあさんはこうつぶやくと、王女様にかけられた魔法《まほう》がなんとか解《と》けるように、神様にいのりました。毎日毎日、いのりました。

その頃《ころ》、イヌ・クルタパティは王女様のうわさを耳にしました。すぐにダハ王に説明を求めました。そして、ガル・アジェンのたくらみにおとしいれられたことがわかりました。

ガル・アジェンと魔女《まじょ》をとらえると、ただちにイヌ・クルタパティは王女様を探《さが》す旅に出ました。何か月も旅を続け、ついにダダパン村にたどり着きました。

きびしい暑さのために、イヌ・クルタパティはひどくのどがかわいていました。そこで、一軒《いっけん》のみすぼらしい小屋を見つけ、水をもらおうと近づきました。すると、小屋の中から顔を出したのは、だれあろうチャンドラ・キラナ王女様自身だったのです。のどのかわきもつかれも、吹《ふ》き飛んでしまいました。

王女様はイヌ・クルタパティをうちの中へ招《まね》き入れ、それから二人はこれまでの出来事について、あれこれ語り合いました。ちょうどそこに、おばあさんが帰ってきて、二人の再会《さいかい》を心から喜びました。

二人のこの出会いによって、ついに魔法《まほう》は解《と》けました。もはや王女様はカタツムリにもどることはなくなりました。

やがて、イヌ・クルタパティは王女様とおばあさんを連れて、国へもどりました。二人は盛大《せいだい》な結婚式《けっこんしき》をあげ、いつまでも幸せに暮《く》らしたということです。

④二羽のチョウ（蝶《ちょう》）

――チョウになった王女様と若者《わかもの》（中部ジャワ地方の民話）

昔、ある国にギムランという名の王様がいました。お妃《きさき》様との間にかわいい女の子が生まれ、ララ・ズィタと名づけられました。その子は成長して、たいそう美しい娘《むすめ》になりました。ある日、王様の夢《ゆめ》の中に、姿《すがた》かたちはみにくく、服装《ふくそう》はみすぼらしい若者《わかもの》が現れました。若者《わかもの》はぜひとも王女様と結婚《けっこん》したいと言いました。王様はたいそう腹《はら》を立て、若者《わかもの》を剣《けん》で殺そうとしました。しかし、その瞬間《しゅんかん》に目がさめました。ちょうどその時、ニワトリが三度鳴きました。王様は夢《ゆめ》の意味を考えているうちに、ねむれなくなってしまい、そのまま夜明けをむかえました。

次の日の夜もまた、同じ若者《わかもの》が夢《ゆめ》に出てきました。このようなことが七晩《ななばん》続いたので、王様は使者を出して、占《うらな》い師《し》を呼《よ》びました。そして、占《うらな》い師《し》に一部始終を話しました。

「どう思うか。何かよくないことが起きるのではではないか」

占《うらな》い師《し》はおだやかな調子で答えました。

「いいえ、そのようなことはございません。王様が王女様の身を心配するあまり、夢《ゆめ》をごらんになったにちがいありません」

「そうかもしれぬ。わしはだれがいちばん王女の結婚《けっこん》相手にふさわしいかと考えているところだからな」

「王女様に無理じいするようなことはおやめください。よくない結果になりましょう」

占《うらな》い師《し》の話が終わったちょうどその時、兵士が報告《ほうこく》に来ました。

「アタス・アンギン国からお客様がおいでになりました」

「ここへお通ししなさい」

客というのはアタス・アンギン国の王様で、立派《りっぱ》な服装《ふくそう》をした目つきのするどい若者《わかもの》でした。この王様はララ・ズィタ王女様をお妃《きさき》としてむかえたいというのです。この会話を聞いていた占《うらな》い師《し》は、申し出を断《ことわ》るように、王様に合図をしました。しかし、王様はその合図に気づきませんでした。こともあろうに、王様は王女様を説得すると答えてしまいました。若《わか》い王様はどんなに喜んだことでしょう。

ギムラン王はアタス・アンギン国の若《わか》い王様に対して、正式な返事を自国で待つようにと言いました。そして、若《わか》い王様は帰っていきました。

この結果を心配しながら、占《うらな》い師《し》は王宮を去っていきました。翌日《よく》、王様は王女様を呼《よ》び、結婚《けっこん》の申し出を受けたことを知らせました。これを聞いた王女様は、うなだれたまま、じっとだまっていました。

「気に入らないのか？」

王様の問いには答えず、王女様は気分が悪いので、部屋にもどって休みたいと言いました。その時、兵士が報告《ほうこく》にやってきました。面会者が来ているとのことでした。現れた面会者を見て、王様はなんとおどろいたことでしょう。そこには夢《ゆめ》に出てきた、あの若者《わかもの》がいたからです。王様は若者《わかもの》が面会の目的を述《の》べずとも、その目的がわかりました。

「そなたは王女と結婚《けっこん》したいのではないか？」

「さようでございます」

「もし、王女のために数千種類の花が咲《さ》き乱《みだ》れる花園を一晩《ひとばん》で造《つく》れたら、結婚《けっこん》を許《ゆる》そう」

「かしこまりました」

そして、若者《わかもの》がその場を立ち去ろうとした時、うなだれた王女様に目をとめました。若者《わかもの》と王女様は見つめ合い、ほほ笑みを交わしました。

その夜、王様は兵士を呼《よ》び、若者《わかもの》の正体を確《たし》かめるように命じました。兵士たちが確《たし》かめたところ、みすぼらしい身なりの若者《わかもの》は魔力《まりょく》を持っているらしいということでした。王様はどうすれば若者《わかもの》に花園を造《つく》らせないようにすることができるか、あれこれ考えました。そして、兵士たちに命じて、若者《わかもの》の後をつけさせました。

真夜中、命令を受けた兵士たちは、若者《わかもの》が広場の大木の下で一心にいのっている姿《すがた》を見つけました。それから若者《わかもの》は服をぬいで、土の上に張り出した木の根の間にそれをかくしました。するど、姿《すがた》はたちまちチョウに変わったのです。

そして、王宮の庭園へ飛んでいき、庭全体に数千種類の美しく香《かお》りのよい花を咲《さ》かせました。

同じ頃《ころ》、兵士たちは若者《わかもの》がかくした服を取り出し、すぐに燃《も》やしてしまいました。やがて、チョウの姿《すがた》の若者《わかもの》がもどってきて、服がなくなり、灰《はい》が残っているのを見つけました。もう、人間の姿《すがた》にもどることはできなくなってしまったのです。

翌朝《よくあさ》、王女様は美しい花園を見つけて、びっくりしました。花園ができたということは、若者《わかもの》が父王の要求にこたえることができたということです。ですから、あの若者《わかもの》こそ自分の夫になる人だと思いました。しかし、兵士が若者《わかもの》の服を焼いてしまったということを従者《じゅうしゃ》から聞いた王女様は、若者《わかもの》も焼かれてしまったにちがいないと思い、悲しみの涙《なみだ》を流しました。

一方、王様は王女様とアタス・アンギン国王との結婚《けっこん》を急ぎました。諸国に結婚式《けっこんしき》の招待状《しょうたいじょう》を送り、数日にわたってくり広げられる式典の準備《じゅんび》を始めました。しかし、王女様は悲しみにくれて、部屋にこもったまま打ちしずんでいました。

そんなある日の夜明け前、若者《わかもの》の化身《けしん》であるチョウは、王女様の部屋の中へと飛んでいきました。そして、王女様の髪《かみ》にとまって、耳元でささやきました。

「いとしい人、じっと目を閉じて」

王女様がじっと目を閉じると、たちまち王女様もチョウに変身しました。そして二羽のチョウは追いつ追われつ、花園を楽しそうに飛び交いました。それはまるで、愛する者同士が幸せいっぱいに生きているかのようでした。こうして二人の願いはかなったのです。

⑤白い手長ザル

——手長ザルになった娘《むすめ》（西スマトラ地方の民話）

昔、プティ・ジュイランという娘《むすめ》がいました。まるで天女《てんにょ》のような美しさは、人々に広く知れわたっていました。しかし、だれひとりとして、娘《むすめ》に近寄《よ》る勇気を持つ若者《わかもの》はいませんでした。身分のちがいというかべがあったからです。娘《むすめ》の祖父《そふ》のひとりは大金持ちで、もうひとりは貴族《きぞく》でした。ナコダ・バギンダという名の母方の祖父《そふ》は、何十もの島を持ち、多くの港を経営《けいえい》していました。トゥアンク・ラジャという名の父方の祖父《そふ》は、ある王国の血筋《ちすじ》をひく貴族《きぞく》でした。

その地方や周辺に住む若者《わかもの》の多くは、漁師《りょうし》や船員です。また、金持ちの家の息子《むすこ》や貴族《きぞく》の息子《むすこ》たちの多くは、すでに結婚《けっこん》していました。結婚《けっこん》していない者がいても、プティ・ジュイランに求婚《きゅうこん》する勇気はありませんでした。祖父《そふ》たちを恐《おそ》れていたからです。

なかなか結婚《けっこん》相手を得られないプティ・ジュイランは、あせりを感じていました。同じ年頃の娘《むすめ》は次々と結婚《けっこん》していったからです。このことに、ジュイランの二人の祖父《そふ》も心を痛《いた》めていました。そこで、二人は話し合って、孫のむこを探《さが》すことにしました。招待状《しょうたいじょう》を送り、パーティーを開くことにしたのです。

パーティーは約一か月続けられましたが、プティ・ジュイランにふさわしい若者《わかもの》はひとりもいませんでした。

プティ・ジュイランは母に言いました。

「お母様、この一か月ほど、毎日ある人の夢《ゆめ》を見ました。スタン・ルマンドゥンという名の若者《わかもの》なのです。でも、パーティーにはそのような人はやってきませんでした」

そこで、祈祷師《きとうし》にたのみ、スタン・ルマンドゥンという若者《わかもの》がこの地へやってくるようにいのってもらいました。祈祷師《きとうし》のいのりが通じたのか、それとも二人がそのような運命にあったのか、数日後、暴風《ぼうふう》にマストを折られた帆船《はんせん》が海岸へ打ち寄《よ》せられました。その船には、夢《ゆめ》に出てきた若者《わかもの》、スタン・ルマンドゥンが乗っていたのです。おたがいにひかれた二人は、婚約《こんやく》することになりました。

婚約《こんやく》の式がすむと、スタン・ルマンドゥンはプティ・ジュイランと結婚《けっこん》するための資金を得るために、航海に出たいと思いました。努力せずにプティ・ジュイランと結婚《けっこん》するのはよくないと考えたのです。しかし、祖父《そふ》たち二人から、すぐにでも結婚《けっこん》するようにと望まれました。

「孫のためなら結婚資金《けっこんしきん》は必要ない。そのうえ、そなたがわれわれの資産《しさん》をつげば、十分に金持ちになれるのだ」

「そうかもしれません。しかし、お二人とも努力の結果、資産《しさん》を得たのです。私自身も努力しなければと思います」

こうスタン・ルマンドゥンは答えました。そして、航海に出ることを決意しました。

「あなたが成功してもしなくても、かまいません。いつまでもお帰りをお待ちしています。もし、このちかいを破《やぶ》った時は、たとえ、わたしは手長ザルに変えられてもかまいません」

プティ・ジュイランは婚約者《こんやくしゃ》と別れる時に、このようにちかいました。

「わたしもちかいます。もし、あなたを裏切《うらぎ》るようなことがあれば、船と共に海にしずんでもかまいません」

スタン・ルマンドゥンもこう答えました。

それから、何か月も過《す》ぎました。そして、一年たち、二年も過《す》ぎようとした時、プティ・ジュイランは不安になってきました。婚約者《こんやくしゃ》からの便りは一度もありません。同じ年の娘《むすめ》はすでにみんな結婚《けっこん》していました。そして、年下の娘《むすめ》でさえ結婚《けっこん》している者もいます。

こうして、三年目が来た時、まるで天界から下りてきたような、立派《りっぱ》なりりしい若者《わかもの》が現れました。服装《ふくそう》やお供の様子を見たところ、どうもふつうの人ではなさそうです。プティ・ジュイランは婚約者《こんやくしゃ》のことも、交わした約束のことも忘れて、その男性の求婚《きゅうこん》を受け入れてしまいました。

二人の結婚式《けっこんしき》はこれまで見たことがないほど盛大《せいだい》なもので、大勢の金持ちや貴族《きぞく》たちが出席しました。客の前に並《なら》んだ花よめと花むこは、きらきらとかがやいて見えました。まるで月と太陽が結婚《けっこん》したかのように見えました。

式をとりしきるプンフルという役割《やくわり》の者が、二人に結婚《けっこん》の意思を確認《かくにん》しました。

「はい、同意いたします」

まず、花むこが答えました。次は花よめの番です。花よめはプンフルの問いに、まるでサソリにさされた人がさけぶような、調子の高い声を張《は》りあげて答えました。それと同時に、花よめはぴょんぴょんと飛んで立ち上がりました。二つ目の問いに対して、声をあげ

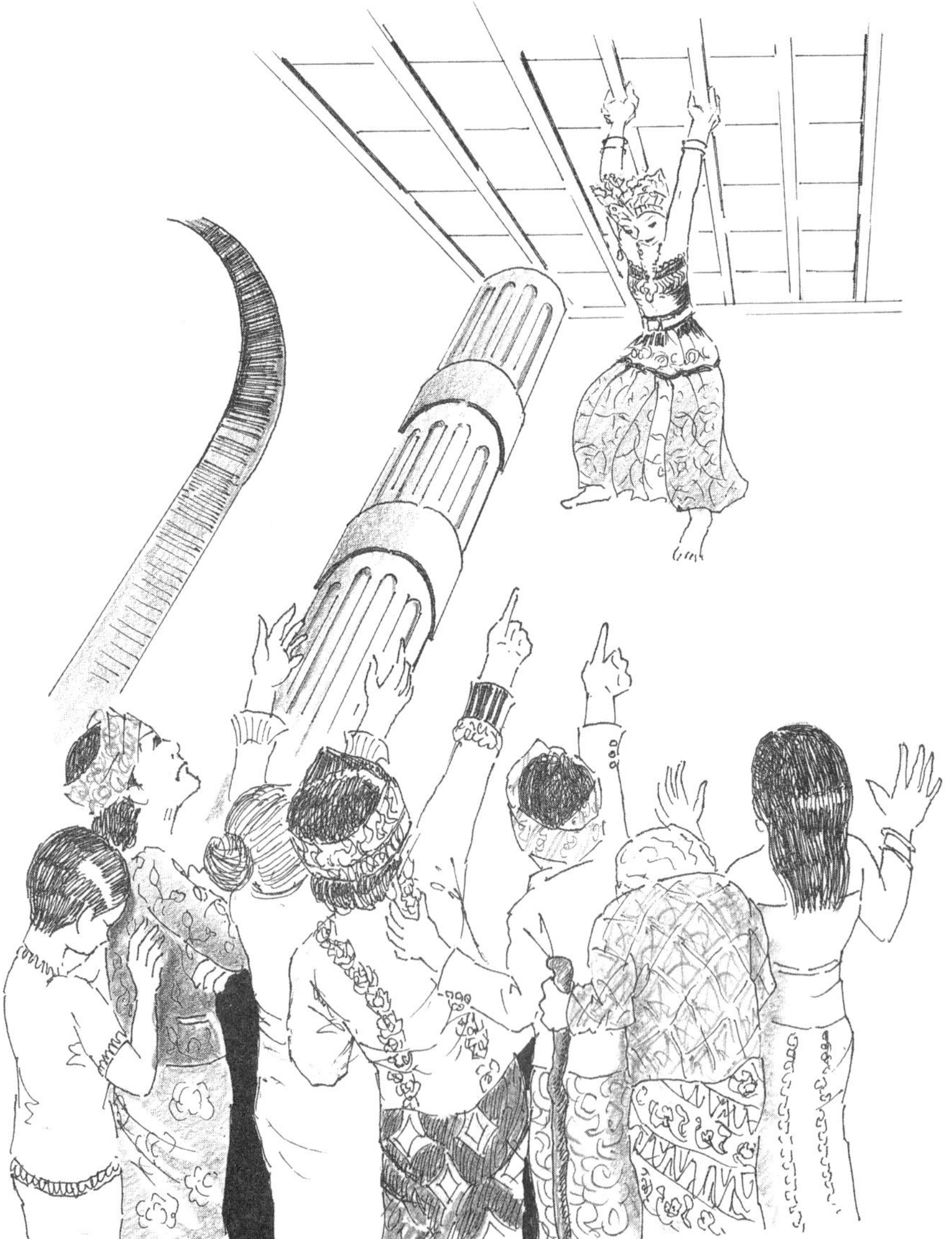

ながら、入り口近くの天井《てんじょう》にぶら下がりました。そして、三つ目の問いに対しては、屋根に飛び乗ったのです。

人々はおどろいて、さけび声をあげました。なんと、屋根を見上げると、プティ・ジュイランの体は白い毛に包まれ始めていました。それから、だんだんと毛がこくなり、手長ザルのかっこうになっていきました。

日が西にかたむき始めると、「ンボック、ンボック、ンボック」という鳴き声が聞こえました。

毎日、太陽が西へかたむく頃《ころ》になると、手長ザルは屋根の上に姿《すがた》を見せました。目をまっすぐ海の方へ

向けて、やってくる船を見ているかのようでした。そして、スタン・ルマンドゥンに呼《よ》びかけるように、鳴き声をあげました。しかし、スタン・ルマンドゥンは二度ともどっては来ませんでした。

手長ザルの声は、悲しく、絶望《ぜつぼう》した娘《むすめ》が泣いているかのように聞こえました。

それからしばらくして、村の人々はもう長くその手長ザルが姿《すがた》を見せないことに気づきました。手長ザルの住みかを探《さが》すと、なんと死んでいるのが見つかりました。人々はその手長ザルを運んで、人間と同じようにお墓《はか》を造《つく》り、そのめい福をいのったということです。

一方、スタン・ルマンドゥンの船は暴風《ぼうふう》にあって、しずんでしまったそうです。スタン・ルマンドゥンもまた、交わした約束を破《やぶ》り、他国でほかの女性と結婚《けっこん》したからなのです。

二章

日本の民話、世界の民話と似《に》ている話

①シカとヤドカリの競走
――「ウサギとカメ」と似《に》ている話（マルク地方の民話）

この話は、この地方の島々が、今よりもずっと緑におおわれていた、昔々のことです。この地方の海辺でシカとヤドカリの競走が行われたそうです。海辺には砂浜《すなはま》が広がり、近くには草地や岩場があり、遠くには岬《みさき》が見えます。砂浜《すなはま》や近くの草地、岩場には、色々な植物が生え、動物が住んでいます。

海辺から陸の方へ向って進んでいくと、とても美しい森があります。大木がこんもりと葉をしげらせています。森はいろいろな動物や植物の命を育んでいます。この美しい森に、一頭のシカが住んでいました。枝《えだ》分かれした角を持つこのシカは、食べ物を探《さが》しながら、歩いていました。

木々の美しい緑と、鳥のさえずりに、心ひかれて歩いているうちに、いつの間にか、シカは森から海辺へと出てきました。そして、ヤドカリに出会ったのです。

ヤドカリは引き潮《しお》の時に、浜辺《はまべ》で見ることができます。背中《せなか》に巻貝《まきがい》の形をしたからをかついでいます。体が大きくなっても、からは大きくなりません。それで、体が大きくなるにしたがって、次から次へとからを変えるのです。やわらかい体をこのからにかくして、身を守るためです。

「おい、どうしてそんな大きな石みたいなものをかついで歩いているんだよ」

突然《とつぜん》、シカのあざけるような声が聞こえたので、ヤドカリはおどろきました。でも、負けずに言い返しました。

「森に住む君がどうしてここにいるのさ」

「ヤドカリ君、まさか、この浜《はま》が自分のものだと思っているんじゃないだろうね」

「もちろん、ぼくのものさ」

ヤドカリは当然のように、答えました。

こうして、シカとヤドカリの口論《こうろん》が始まりました。口論《こうろん》はなかなか終わりそうもありません。そこで、シカがある提案《ていあん》をしました。

「言い合いを続けても仕方がないよ。競走で勝ち負けを決めよう。ここをスタートして、第十一番目の岬《みさき》まで、どちらが早く着くか、競走しよう。もし、ぼくが勝ったら、この浜《はま》はぼくのものさ。その時は、君はここを出ていくんだぞ。もしも、ぼくが負けたら、森にもどることにするよ」

「いいだろう。じゃあ、競走はあさってにしよう」

「わかった」

シカはピョンピョン、とびはねながら、森へ帰っていきました。浜《はま》のヤドカリは仲間たちを集めて、シカとの競走について説明しました。そして、競走が始まる前に、仲間の十一匹《いっぴき》のヤドカリを十一の岬《みさき》に一匹《いっぴき》ずつ配置することにしました。

「競走が始まれば、敵がリードするはずだ。前を走るシカは、後をふり返って、速く走れないぼくを、ばかにするにちがいないよ。その時、『今どこにいる?』とシカにきかれたら、それぞれ順に『ここだよ』と答えるんだ。そうすれば、十一番目の岬《みさき》に着く頃《ころ》には、シカはすっかりつかれはて、力がつきてしまうから。こうすれば、必ず勝てるよ。準備《じゅんび》はいいね」

「いいよ」

　二日後、シカは時間どおりに、ヤドカリの待つ浜《はま》へ来ました。

「準備《じゅんび》はいいか」

　シカがたずねると、

「もちろん」

　ヤドカリは答えました。その時はすでに、ヤドカリたちはそれぞれの岬《みさき》に一匹《いっぴき》ずつかくれていました。

「さあ、始めよう」

シカはリードし、前を走っています。一番目の岬《みさき》に近づいた時、シカはずっと後をふり返って言いました。

「さあ、もっと速く走れよ！　こっちのほうが速いぞ」

ところが、第一番目の岬《みさき》に着いた時、シカが後ろにいるはずのヤドカリに声をかけたところ、岬《みさき》にかくれていたヤドカリが答えました。

「なに言ってるんだ。もう、ここにいるよ」

自分がおくれていることを知ったシカは、さらにスピードを速めて走りました。このようにして、第十一番目の岬《みさき》まで競走が行われました。

全速力で走り続けたシカは、第十一番目の岬《みさき》に着く頃《ころ》には、とうとう力がつきて、バタンと倒《たお》れてしまいました。

このようにして、ヤドカリは競走に勝つことができました。そして、以前と変わることなく、ヤドカリは浜《はま》に、シカは森に住むことになったということです。

②アンデアンデ・ルムト

——インドネシアの「シンデレラ物語」（東ジャワ地方の民話）

昔、ある村にロンド・ダダパンという女の人が住んでいました。夫はすでに死に、三人の美しい娘《むすめ》と暮《く》らしていました。娘《むすめ》たちは上から順に、アバン、ヒジョウ、クニンという名前でした。

理由はわかりませんが、この母親は末っ子をきらって、いじめてばかりいました。それに対して、姉たちはあまやかされ、きれいな服やおいしい食べ物をあたえられました。末っ子のクニンは、ぼろぼろのきたない服を着せられ、毎日川で洗《せん》たくをしたり、食器を洗《あら》ったりするよう母親に命じられました。きれいに洗《あら》えない時には、ひどくしかられ、なぐられました。かわいそうに、クニンはほんとうの母親から、このようにいじめ続けられました。

それでも、クニンはとてもよい性格《せいかく》で、かしこく礼儀《れいぎ》正しい娘《むすめ》だったので、母親にいじめられても、じっとがまんをしました。だからこそ、後になって神様からごほうびをあたえられることになるのです。

ある朝、いつものように、クニンは洗《せん》たくをするために、川へ向かいました。その日の洗《せん》たく物はとてもたくさんありました。クニンはつらくて思わず神にいのりました。

「神様、わたしは何か悪いことをいたしましたでしょうか。どうしてこのようなつらい目にあわなければならないのでしょうか。神様、どうかお助けください」

このようにお願いすると、突然《とつぜん》どこからともなく、とても大きなコウノトリが舞《ま》い下りてきました。

「おはようございます。なにか困《こま》ったことでもあるんですか」

「ええ、朝のうちに、こんなにたくさん洗《せん》たくをしなければならないの。一人ではとてもできないわ」

「では、わたしがお手伝いしましょう」

こう言うと、コウノトリはクニンを助け、洗《せん》たくを手伝ってくれました。こうして朝のうちに仕事は終わりました。クニンが家に帰ると、母親と姉たちはその仕事の早さにおどろきました。それからも毎朝、コウノトリはクニンの洗《せん》たくを手伝ってくれました。

さて、話は先に進みます。ある王国のアンデアンデ・ルムトという王子様は、お妃《きさき》になる人を探《さが》していました。国中におふれを出して、自分にぴったり

な人を探《さが》したいと思いました。しかし、気に入った娘《むすめ》は見つかりませんでした。

このうわさを聞いたロンド・ダダパンは、上の二人の娘《むすめ》を王宮へ行かせることにしました。末っ子のクニンも王宮へ行きたいと思いましたが、母親はどうしても許《ゆる》しませんでした。

「神様、どうかお助けくださいませ。わたしも王宮へ行って、王子様にお会いしたいのですが、許《ゆる》してもらえません。どうぞお助けください」

クニンがこういのると、またまた、いつものコウノトリが舞《ま》い下りてきました。

「どうしたのですか」

「王子様に会うために王宮へ行きたいのですが、許《ゆる》してもらえないの。どうすればいいかしら」

「だいじょうぶですよ。このヤシの葉をさしあげましょう。困《こま》った時は、わたしの代わりにあなたを助けてくれるでしょう」

「ありがとう。では行ってきます」

「気をつけて」

こうして、クニンは王宮へ向かうことになりました。王宮へ行くとちゅうには、とても深い川があり、そこを渡《わた》らなければなりませんでした。

先に出発した二人の姉たちは、川岸でユユカンカン（ジャワ語で「川に住む大きいカニ」という意味）という名前の、人よりも大きい不思議なカニに会いました。

「この川を渡《わた》って、王宮へ行きたいの。どうしたらいいかしら」

「このおれが助けてやるよ。キスをしてくれればね」

「かんたんだわ。キスをするくらい」

二人がユユカンカンにキスをしてやると、川の水がたちまちのうちに無くなって、二人は楽に渡《わた》ることができました。

しばらくして、クニンも川岸に着きました。クニンもまたユユカンカンにたのみました。

「この川を渡《わた》りたいのですが、どうしたらいいでしょうか」

ぼろぼろのきたない服を着ているクニンを見て、ユユカンカンは次のように言って断《ことわ》りました。

「だめだめ、おまえのようなきたない姿《すがた》の娘《むすめ》を通すことはできないよ」

「そんなことを言わないで、どうか助けてください」

「だめだめ」

困《こま》ったクニンは、コウノトリからもらったヤシの葉を力いっぱい左右にふってみました。するど、川の水がたちまちに無くなって、かんたんに渡《わた》ることができました。クニンは王宮へと急ぎました。

その頃《ころ》、先に王宮に着いた姉たちは、王子様に面会を申しこみました。しかし、カニにキスをしたような娘《むすめ》とは会うことはできないと断《ことわ》られてしまいました。

やがて、クニンも王宮に着きました。ぼろを着たクニンは、門番に中に入ることを断《ことわ》られました。このことを知った王子様は、次のように言いました。

「その娘《むすめ》を中に入れなさい。姿《すがた》はきたなくても、心はきれいにちがいない。わたしが会いたかったのは、きれいな心の人なんだ。この服を着せてやりなさい」

王子様はきれいな服を門番に持たせました。

やがて、クニンは王子様からいただいたきれいな服に着がえると、まるで見ちがえるような美しい姿《すがた》で、王子様の目の前に現れました。

こうして、王子様はようやく結婚《けっこん》したいと思う娘《むすめ》に会えたのです。やがて、クニンは王子様のお妃《きさき》になり、いつまでも、いつまでも、幸せに暮《く》らしたということです。

③ジョコ・タルブ

――「羽衣説話《はごろも》」と似《に》ている話(中部ジャワ地方の民話)

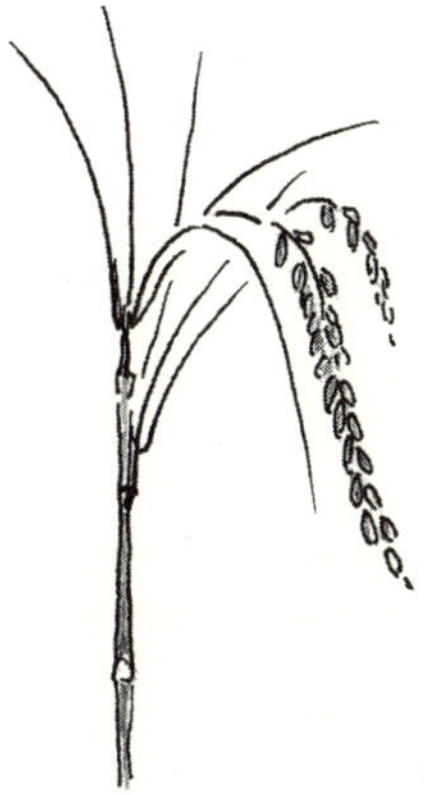

昔、ある村はずれに、ジョコ・タルブという若者《わかもの》がいました。ジョコ・タルブは吹《ふ》き矢《や》の名人で、鳥をつかまえるのがとても上手《じょうず》でした。毎日森へ狩《かり》に出かけました。ところが、その日は森をあちこち探《さが》しても、鳥は一羽も見つかりませんでした。

「不思議だなあ。どうして一羽もいないんだろう」

ジョコ・タルブはとてもつかれていたので、森の中にある湖の近くで休みました。あたりはとても静かで気持ちがよく、いつの間にか、うとうととねむってしまいました。

しばらくすると、突然《とつぜん》、どこからともなく娘《むすめ》たちの話し声が聞こえてきました。声はどこから聞こえてくるのでしょうか。目をさましたジョコ・タルブは、声のありかをあちこち探《さが》してみました。すると近くの湖で、七人の娘《むすめ》たちがおしゃべりをしながら、水浴びをしているではありませんか。そっと岩かげからのぞいたジョコ・タルブは、どんなにおどいたことでしょう。

「なんて美しい娘《むすめ》たちだろう。どこから来たんだろう。まるで天女《てんにょ》のようだ」

娘《むすめ》たちはとても楽しそうに水浴びをしています。岸辺には羽衣《はごろも》のような肩《かた》かけが置かれています。あまりに美しいので、ジョコ・タルブは思わずそのうちの一枚を手に取って、かくしてしまいました。

また、娘《むすめ》たちの話し声が聞こえてきました。

「さあ、暗くなってきたわ。天界へ帰りましょう」

「そうしましょう」

やはり、娘《むすめ》たちは天女《てんにょ》だったのです。やがて、天女《てんにょ》たちは羽衣《はごろも》のような肩《かた》かけを置いた場所へ行って、それぞれが自分のものを身につけました。

「どうしましょう。わたしの肩《かた》かけが見つからないわ。あれがなければ飛べないし、天界へ帰れないわ。どうしましょう」

「無くなるはずはないでしょ。どこに置いたの。思い出しなさい」

天女《てんにょ》たちはみんなで肩《かた》かけを探《さが》しましたが、どこにもありません。ジョコ・タルブはこの様子をだまって見ているだけでした。

だんだん日が暮《く》れてきました。天女《てんにょ》たちはもう天界へもどらなければなりません。

「ごめんなさい、ナワン・ウーラン、わたしたちはもう待てないわ。天界へもどらなければ」

天女《てんにょ》の一人が肩《かた》かけを無くした天女《てんにょ》に言いました。やがて、六人の天女《てんにょ》たちはナワン・ウーランを残して、天界へと飛び去ってしまいました。残されたナワン・ウーランは悲しくて、しくしくと泣きはじめました。

この様子をひそかに見ていたジョコ・タルブは、ナワン・ウーランの前に進み出ました。

「どうしたのですか」

「実は、わたしの肩《かた》かけが見つかりません。それが無ければ、天界へ帰れないのです」

「それは気の毒に。肩《かた》かけが見つかるまで、どうぞわたしの家でお過《す》ごしください」

こうして、ナワン・ウーランはジョコ・タルブの家で暮《く》らすようになりました。しかし、肩《かた》かけはどこへ消えたのか、見つかりませんでした。やがて二人は結婚《けっこん》し、一年後には女の子が生まれました。その子はナワンシと名づけられました。

ナワン・ウーランがジョコ・タルブの家に来てからは、不思議なことに、いくら食べてもお米がなくなることはありませんでした。

ある日のこと、ごはんを蒸《む》していたナワン・ウーランは、夫にたのみました。

「ちょっと、用事があるので、ごはんを見ていてくださいな。でも、決してふたを開けないでくださいね」

「わかった」

ナワン・ウーランがいなくなると、ジョコ・タルブは蒸《む》し器の中をのぞいてみたくなり、約束を破《やぶ》って、ふたを開けてしまいました。おどいたことに、蒸《む》し器の中にはたった一本の稲穂《いなほ》があるだけでした。ちょうどその時、ナワン・ウーランがもどってきました。ナワン・ウーランは夫に言いました。

「どうして蒸《む》し器のふたをあけたのですか。決して開けないでと言ったのに」

「悪かった。許《ゆる》してくれ」

その時から、米倉にたくさんあったお米は、だんだんと少なくなっていきました。ある日、ナワン・ウーランは米倉にお米を取りに行きました。すると、残り少なくなったお米の底に、あの肩《かた》かけが見えたのです。無くなったはずのあの肩《かた》かけです。

ちょうどその時、ジョコ・タルブがやってきました。ジョコ・タルブは妻《つま》があの肩《かた》かけを持っているのを見て、どんなにおどろいたことでしょう。ナワン・ウーランは次のように言いました。

「肩《かた》かけが見つかったのです。どうしても、天界へもどらなければなりません」

「許《ゆる》してくれ。それをぬすんだのは、わたし

だ。どうしても天界へもどるのか」

「肩《かた》かけが見つかったのですから、どうしても天界へ帰らなければなりません。天女《てんにょ》は地上に残ることはできないのです」

「ナワンシはどうするのだ。まだ母親が必要だ」

「わたしは毎晩《まいばん》ナワンシにお乳《ちち》を飲ませるために、地上に下りてきます。田んぼにある小屋にナワンシをねかせておいてください。わたしがお乳《ちち》をやる間は、決して近づかないと約束してください」

「ここでいっしょに暮《く》らすことはできないのか。わたしのしたことを許《ゆる》しておくれ。どうか行かないでくれ」

しかし、ナワン・ウーランの決心を変えることはできませんでした。ナワン・ウーランは子どもにほほずりをすると、肩《かた》かけを身につけて、手をふりながら、空高く天界へと飛び去りました。

天界へもどってからも、ナワン・ウーランは毎晩《まいばん》子どもにお乳《ちち》をやりに来るという約束をかたく守ったということです。

④デウィ・スリ＝稲《いね》になった王女様

――『古事記《こじき》』『日本書紀《にほんしょき》』の説話と似《に》ている話（西ジャワ地方の民話）

天界にいらっしゃる神々の中で、いちばん位が上の神は、バタラ・グルと呼《よ》ばれています。ある日、バタラ・グルは、バタラ・ナラダという、いちばん年寄《よ》りの神を呼《よ》びました。

「何かご用でしょうか」

「新しい講堂《こうどう》を建てたいと思うので、みんなに協力してもらいたいのだが」

「かしこまりました」

バタラ・ナラダはすぐに神々を集めて、協力をたのむことにしました。

「バタラ・グル様が新しい講堂《こうどう》を建てたいとおっしゃっているのだが、協力してもらえないか」

「わかりました。どうすればいいのですか」

「土地はあるのだが、建てるための材料がないのだ。みんなで材料を寄付《きふ》してくれないか」

「わかりました」

そこで、神々は講堂《こうどう》を建てるための材料を寄付《きふ》することになりました。ところが、ひとりだけ材料を寄付《きふ》していない神がいることがわかりました。バタラ・アンタという神でした。バタラ・アンタはほかの神とちがって、天界ではなく、地下の穴《あな》の中に住むヘビの姿《すがた》をした神でした。

バタラ・ナラダはバタラ・アンタに会うために、天界から地上へ向かいました。そして地下に着いたバタラ・ナラダは、悲しそうに下を向いたバタラ・アンタを見つけました。

「バタラ・アンタよ、どうしたのだ。君だけがまだ講堂《こうどう》を建てるための材料を届《とど》けていないぞ」

「お許《ゆる》しください。寄付《きふ》したいのですが、ほかの神々とちがって、わたしは何も材料がありません。もし材料があったとしても、届《とど》けることはできません。手も足もないのですから。寄付《きふ》したくないのではありません。できないのです」

こう言うと、バタラ・アンタは、はらはらと三つぶの涙《なみだ》をこぼしました。不思議なことに、涙《なみだ》は三つの卵《たまご》に変わりました。これを見たバタラ・ナラダはおどろいて、さけびました。いい方法を思いついたからです。

「アンタ、寄付《きふ》できるものがあるぞ」

「いったい何でしょうか」

「その三つの卵《たまご》をバタラ・グル様に届《とど》けるがよい」

「えっ！　でも、気に入られるでしょうか」

「だいじょうぶ。さあ、早く持っていきなさい」

「わかりました」

バタラ・ナラダが天界へ帰ると、バタラ・アンタはほっとして、深く息をすいました。

やがて、三つの卵《たまご》を口にくわえて、天界へと向かいました。バタラ・アンタの体はとても大きくて重いのですが、ひらりと空へ舞《ま》い上がり、あっという間に地上から遠くはなれました。

とちゅうで、バタラ・アンタは不安になってきました。たいへん大きな体の鳥、ガルーダが近づいてきたからです。いちばんよい方法は、ガルーダをさけて遠ざかることです。

しかし、ガルーダは羽をバタバタさせて、追いかけてきました。

「どこへ行くのだ、そんなに急いで」

バタラ・アンタは答えられるはずはありません。三つの卵《たまご》をくわえているのですから。急いで通り過《す》ぎようとしたのですが、ガルーダはますます近づいてきました。

「そんなに急いで、どこへ行くのだ」

ガルーダはくり返しました。

バタラ・アンタはだまったままです。もし手があれば、身ぶりで知らせることができるのですが、手足のないバタラ・アンタにはそれができません。

「どうして返事ができないのか」

ガルーダはしつこくたずねますが、バタラ・アンタは答えることができません。

腹《はら》を立てたガルーダはもう一度たずねました。

「答えられないわけでもあるのか」

バタラ・アンタは苦しい立場に追いこまれてしまいました。答えるには口を開かなくてはなりません。しかし、絶対《ぜったい》にそれはできません。そうすれば、口の中の卵《たまご》を落としてしまうからです。

おこったガルーダは、するどいつめでバタラ・アンタの頭を強くつつきました。つつかれたアンタは、あまりの痛《いた》さに思わず声を出して、くわえていた卵《たまご》のうち二つを落として

しまいました。これを見たガルーダはびっくりしました。バタラ・アンタが口を開かない理由がわかったからです。理由がわかると、ガルーダは遠ざかっていきました。バタラ・アンタはほっとしました。

ひとつだけ残った卵《たまご》をくわえて、バタラ・アンタはついに天界のバタラ・グルのもとに着きました。あいさつをすると、さっそく口の中から卵《たまご》を出して、バタラ・グルの前に置きました。そして、これまでの事情を説明しました。

バタラ・グルはやさしい口調で言いました。

「そなたの気持ちはわかった。卵《たまご》を持ってきてくれて、うれしいぞ。だが、ここには卵《たまご》をしまうよい場所がないので、卵《たまご》がかえるまであずかっておいてくれ。卵《たまご》がかえったら持ってきてくれないか」

「かしこまりました」

ほっとしたバタラ・アンタは、卵《たまご》をくわえて地下にもどりました。そして、数日後、無事に卵《たまご》がかえりました。おどろいたことに、生まれたのはヘビではなく、かわいい女の赤ちゃんでした。約束どおり、バタラ・アンタはこの赤ちゃんを口にくわえて天界へ届《とど》けました。

天界へ届《とど》けられた赤ちゃんはデウィ・スリと名づけられ、バタラ・グルの娘《むすめ》として育てられました。バタラ・グルのお妃《きさき》様のデウィ・ウマは、デウィ・スリを自分の子どものように大切に育てました。

時が過《す》ぎ、デウィ・スリは美しい娘《むすめ》に成長しました。姿《すがた》かたちが美しいだけではなく、性格《せいかく》のよい娘《むすめ》でした。ですから、若《わか》い多くの神々がデウィ・スリを好きになり、結婚《けっこん》したいと思いました。

バタラ・グルは不安になりました。義理《ぎり》の娘《むすめ》がほかの神にうばわれると思ったからです。実は、バタラ・グルは義理《ぎり》の娘《むすめ》に恋をしてしまったのです。妻《つま》のデウィ・ウマは、夫が娘《むすめ》にひかれているのを知って、びっくりしました。そして、いちばん年寄《としよ》りのバタラ・ナラダに相談することにしました。

話を聞いたバタラ・ナラダは、たいへんおどろきました。

「おお、何ということだ。ご自分のまちがいに気づいていただかなくては」

「何かよい方法があるでしょうか」

「まずは、みんなと相談してみます。何かいい方法があるかもしれません」

デウィ・ウマは少し安心して、家にもどりました。

バタラ・ナラダはバタラ・グルにないしょで、新しい講堂《こうどう》に神々を集めて相談しました。デウィ・スリは卵《たまご》から生まれたとはいえ、バタラ・グルの妻《つま》デウィ・ウマに育てられた子です。バタラ・グルとは、父と義理《ぎり》の娘《むすめ》の関係なのです。結婚《けっこん》することはできません。神々はいろいろ話し合った結果、しかたなく、デウィ・スリを殺さなければなりませんでした。ほかに道はなかったのです。

神々はデウィ・スリに毒を飲ませて殺し、その遺体《いたい》を天界ではなく、地上にうめることにしました。すると、神々をおどろかせるような、とても不思議なことが起きました。遺体《いたい》をうめた所から、様々な植物が生えてきたのです。頭の部分からはヤシの木が、目の部分からは稲《いね》が、胸《むね》の部分からはもち米の苗《なえ》が、両足の部分からは砂糖《さとう》ヤシの木が、そして、残りの部分からもいろいろな種類の草や木が生えてきました。どれも人々が生きるためにとても役に立つものばかりです。中でも、稲《いね》は主食として大切にされるようになりました。

こうして、デウィ・スリは稲《いね》の女神《めがみ》として、多くの人々に信じられるようになりました。デウィ・スリがうめられた場所は、今の西ジャワ地方だと言われています。

第二部

インドネシア各地の民話

解《かい》説《せつ》編《へん》

ここでは、第一部で紹介《しょうかい》した一三の民話について、より深く理解《りかい》していただくために、わかりやすく解説《かいせつ》します。もしわかりにくい言葉や表現があれば、辞書《じしょ》を引いたり、先生やご両親に質問してください。

ここでの説明によって、インドネシア民話の独自性《どくじせい》、世界の民話・日本の民話との共通性について、理解《りかい》していただけると思います。

民話は文化を映《うつ》す鏡です。民話をとおして見えてくる、インドネシア文化の特性と、世界文化・日本文化との共通性についても考えてみましょう。

一章　インドネシア民話の中の「変身」

インドネシア民話には、動物が人になったり、人が動物になったりという、「変身」の話が多くあります。この本では、九つの話を紹介《しょうかい》します。

動物が人に変身する場合には、動物と人が結婚《けっこん》する話が多いようです。この話には、二つのタイプがあります。幸せに終わる場合と、不幸に終わる場合です。また、人が動物になる話にも、幸せに終わる場合と、不幸に終わる場合があります。

九つのそれぞれの話について、どうして変身するのか、どのように変身するのかという点に注目してみてください。

その1　動物が人になった話

①ラジャ・ムダとキジ――キジと結婚《けっこん》した王子様（北スマトラ地方の民話）

この話のテーマは「人と鳥の結婚《けっこん》」です。話の中には次のようなモチーフがちりばめられています。モチーフというのは「話の主要な構成要素《こうせいようそ》」のことです。この用語はこれからも使いますので、おぼえておいてください。

「ラジャ・ムダとキジ」の話の中に見られるモチーフは次のとおりです。

- ラジャ・ムダは夢《ゆめ》の中で、どうすれば希望がかなうか教えられる。
- キジの姉妹が舞《ま》い下りてくる。末っ子のキジは地上にとり残される。ラジャ・ムダはそのキジを連れ帰る。
- キジは娘《むすめ》に変身し、だれも気づかぬうちに、料理を作る。
- キジと結婚《けっこん》したラジャ・ムダは、妻《つま》が何回も断《ことわ》るのに歌を催促《さいそく》する。妻《つま》はキジに変身して、夫から去る。夫は後悔《こうかい》するが、妻《つま》は二度ともどらない。

実は、これらのモチーフはインドネシアの民話では、しばしば使われるモチーフなのです。順番に説明しましょう。

まず一番目に、インドネシア民話には、夢《ゆめ》が人の運命を大きく変えるという話がよく出てきます。「ラジャ・ムダとキジ」以外の話でも、夢《ゆめ》を見る場面があります。「二羽のチョウ」（一章その2、④）では王様が、「白い手長ザル」（一章その2、⑤）では娘《むすめ》が、夢《ゆめ》を見ます。そして、それが大きく人々の運命を変えることになります。

二番目に、話の主人公は、インドネシア民話の中では、だいたい末っ子です。この「ラジャ・ムダとキジ」では、人に変身するのはキジの末っ子です。「リンキタンとクソイ」（一章その1、②）でも、主人公のリンキタンは末っ子です。「ヘビのダンダウン」（一章その1、③）でも、ヘビと結婚《けっこん》するのは末っ子です。また、「アンデアンデ・ルムト」（二章②）でも、主人公のクニンは末っ子です。一方、日本の「桃太郎《ももたろう》」「金太郎《きんたろう》」では、主人公は長男であり、インドネシアとは対照《たいしょう》的です。

三番目に、インドネシアの民話には、不思議な力を持つ娘《むすめ》がだれかのために料理を作る場面がよく出てきます。この「ラジャ・ムダとキジ」では、キジが変身した娘《むすめ》がラジャ・ムダのために料理を作ります。また「金のカタツムリ」（一章その2、③）では、王女様はおばあさんのために料理を作ります。

四番目に、夫が言ってはいけないことを言ったり、してはいけないことをしたりすると、妻《つま》は夫のもとを去り、二人は別れることになります。「サリオト伝説」（一章その1、④）、「ジョコ・タルブ」（二章③）にも、このモチーフがあります。

以上から、わかるように、「ラジャ・ムダとキジ」はインドネシア民話に特徴的《とくちょうてき》なモチーフで構成《こうせい》された、まさにインドネシア的な民話だと言うことができます。

②リンキタンとクソイ――クスクスと結婚《けっこん》した娘《むすめ》（北スラウェシ地方の民話）

この民話は、主人公のリンキタンが動物のクスクスと結婚《けっこん》して、最後は幸せになるという話です。クスクスというのは、インドネシアやオーストラリアに住む、おなかに袋《ふくろ》を持つ有袋類《ゆうたいるい》です。姿《すがた》はキツネに似《に》ています。北スラウェシの人々にとっては、身近な生き物なのでしょう。

では、リンキタンの心の動きに注目しながら、話の流れを追ってみましょう。

リンキタンは姉たちがきらったクスクスと結婚《けっこん》します。動物をいやだと決して思わない、広い心を持っているからです。村の人々にあざ笑われても、クスクスとの生活に満足し、幸せを感じています。しかし、夫の行動に疑問《ぎもん》を持つようになります。ある日、夫が若者《わかもの》に変身する瞬間《しゅんかん》を見つけます。そして、夫がすてきな若者《わかもの》に変身したことを、とてもうれしく思います。その後、夫が旅に出ている最中に、リンキタンは姉たちからいじめられます。乗ったブランコから放り出されて、大木の枝《えだ》に引っかかり、絶望《ぜつぼう》します。しかし、無事、夫に救われます。そして、最後は幸せになります。

このように、この話では、リンキタンの運命が劇的《げきてき》に描《えが》かれています。

また、インドネシア民話では、三という数字が重要になります。船に乗った夫と、リンキタンとの間の会話が三回行われると、船がピタリと止まり、リンキタンが夫に助けられる場面を思い出してください。

そして、もうみなさんは気がついていると思いますが、この話でも、主人公は末っ子なのです。

③ヘビのダンダウン——ヘビと結婚《けっこん》した王女様（南カリマンタン地方の民話）

この話のテーマは「ヘビが人と結婚《けっこん》する」です。話の大きな流れは次のようになっています。

ある王国が巨大《きょだい》な鳥におそわれます。そして、国土はすっかり破壊《はかい》されてしまいます。そんな時に、ヘビ（ほんとうは人ですが）が現れ、巨大《きょだい》な鳥を退治《たいじ》して、王国を救います。鳥によって破壊《はかい》された王国を、ヘビが元通りにするということの話は、「破壊《はかい》から再建《さいけん》へ」、「破壊《はかい》から再生《さいせい》へ」という意味を暗示《あんじ》しています。では、どうしてヘビが再生《さいせい》のイメージを持つのでしょうか。

実は、古代の人々は、ヘビに「再生《さいせい》」のイメージを持っていたのです。ヘビが脱皮《だっぴ》をくりかえして成長するからです。

また、ヘビは一度に複数《ふくすう》の卵《たまご》を産むので、豊かさや多産のイメージが持たれていました。いずれにしても、ヘビに対して、現代の人々が持つ、マイナスのイメージはありませんでした。

また、古代エジプトでは、ヘビは神聖《しんせい》の象徴《しょうちょう》でした。インドでは「ナーガ」というヘビの姿《すがた》をした神が信じられていました。日本でも古代には、ヘビは信仰《しんこう》の対象《たいしょう》でした。奈良県にある大神神社《おおみわじんじゃ》の神は、ヘビだと言われています。また、日本の神社のしめなわは、ヘビの形だとも言われています。

このように、インドネシアだけではなく、世界的に、ヘビはプラスのイメージを持つ動物でした。現代では、ヘビは「気持ち悪い」というマイナスのイメージが強いですが。日本においても、ヘビと人が結婚《けっこん》する、「ヘビ婿《むこ》」という高知県の民話があります。また、『古事記《こじき》』や『風土記《ふどき》』にも、ヘビと娘《むすめ》が結婚《けっこん》する話があります。

最後に、数字の七について説明しておきたいと思います。「ヘビのダンダウン」では、ヘビとの結婚《けっこん》を承知《しょうち》するのは七番目の娘《むすめ》です。ほかにも「ジョコ・タルブ」(二章③)では、七人の天女《てんにょ》が出てきます。

また、七日目という数も重要な意味があります。「サリオト伝説」(一章その1、④)では、七日目に夫は妻《つま》に言ってはいけないことを言ってしまい、妻《つま》と別れることになり、大地震《おおじしん》という悲劇《ひげき》が起きます。

このように、インドネシア民話では七という数がよく使われますので、七という数字にも注目してください。

④サリオト伝説——魚と結婚《けっこん》した若者《わかもの》(北スマトラ地方の民話)

これは、昔、サリオトという若者《わかもの》が住む村が、どうして地中深くのみこまれてしまったのか、その理由を語る話です。その理由は、魚と結婚《けっこん》したサリオトが妻《つま》に言ってはいけないことを言ってしまったからです。もちろん、このようなことが実際《じっさい》にあったわけではありません。しかし、この話が伝えたいことは、約束をやぶると良くないことが起きる、という教訓なのではないでしょうか。

では、この話の中に見られる、特徴《とくちょう》的ないくつかのモチーフについて、説明します。

・「ある朝、サリオトはわなを調べに川へ行きました。しかし、その日は一匹《いっぴき》も魚がかかっていませんでした」「それから一週間、ずっと魚がとれませんでした」

このように、いつもとちがうことが起きる時、民話では、この後、不思議な出来事があることを示します。「ジョコ・タルブ」（二章③）でも、「その日は森をあちこち探《さが》しても、鳥は一羽も見つかりませんでした」とあり、この後、ジョコ・タルブは天女《てんにょ》と出会うことになります。

・「七日目に、サリオトは妻《つま》へのいかりを爆発《ばくはつ》させてしまいました」

すでにおわかりだと思いますが、この話でも、七という数字が重要な役割《やくわり》を持っています。

・「『妻《つま》を米ぬかで手に入れた』という決して言ってはいけない言葉を言ってしまいました」

これもよく使われるモチーフです。「ラジャ・ムダとキジ」でも説明しましたが、約束が守られなかったので、この後、悲劇《ひげき》が起きます。

こうして見てくると、「サリオト伝説」もまた、典型的なインドネシア民話のひとつだと言うことができます。

その2　人が動物になった話

①パディ・ムダ——鳥になった少女（北スマトラ地方、アチェの民話）

この民話のタイトル「パディ・ムダ」は、インドネシア語で「若《わか》い稲穂《いなほ》」という意味で、実ったばかりのやわらかい稲穂《いなほ》のことです。あるインドネシア人に聞いた話ですが、子どもの頃《ころ》に、パディ・ムダを食べたところ、あまくて、とてもおいしかったということです。

では、この話をふり返ってみましょう。

母親は稲刈《いねか》りに出かける前、娘《むすめ》に弟の世話をしたり、家事をやるように命じます。娘《むすめ》は母親にパディ・ムダをとってきて、とたのみます。母親の留守《るす》中、娘《むすめ》は一生懸命《いっしょうけんめい》に、弟の世話をしたり、家事をやります。母親は稲刈《いねか》りでいそがしかったので、娘《むすめ》との約束を忘れてしまいます。このようなことが三日も続きます。三日目のことです。娘《むすめ》はとても悲しくなり、「もし鳥になれれば、田んぼへ飛んでいって、おなかいっぱいパディ・ムダが食べられるのになあ」と思います。そして、神様にお願いします。それから間もなく、ほんとうに鳥になり、田んぼに飛んでいきます。そして、鳥のさえずりを聞いた母親は、パディ・ムダを求める娘《むすめ》の声に似《に》ていることに気づきます。そこで、パディ・ムダをとって、あわてて家に帰りますが、家には娘《むすめ》の姿《すがた》はありません。やがて、娘《むすめ》が鳥になってしまったことに気づきます。そして、母親は娘《むすめ》との約束を守らなかったことを深く悔《く》やみます。

この話の中の重要なポイントについて説明したいと思います。

一番目は、民話では、「約束を守らないと悲しい別れが来る」というルールがあります。母親がパディ・ムダをとってくるという娘《むすめ》との約束を守らなかったために、娘《むすめ》は二度と姿《すがた》を見せることがなくなりました。とても悲しい結果になりました。

二番目は、すでに述《の》べましたが、民話では、数字の三が大きな意味を持つというルールがあります。この話では、母親は娘《むすめ》との約束を三日続けて守りませんでした。一日だけではなく、何日もという強調の意味がこめられているのだと思われます。

インドネシア民話だけではありません。日本でも三という数字が付く言葉がたくさんあります。例えば、お正月の「三が日」、「三日坊主」などです。また、かけ声をかける時に

「一、二の、三」と言います。日本人にとっても、三という数字は重要なようです。

②タン・トゥッ――鳥になった少年（南スマトラ地方の民話）

これは南スマトラ地方のバンカ島に伝わる話です。その島の海辺には「タン・トゥッ」という名前の、くちばしが黄色で、羽が緑色の小鳥が住んでいます。「タントゥッ、タントゥッ、タントゥッ」と鳴きながら、海辺を飛び回っています。その鳴き声が、人々には悲しそうに聞こえるようです。その鳥がどうして「タン・トゥッ」と呼《よ》ばれるようになったのか、という由来を語るのが、この民話なのです。

みなさんがよく知っている「カッコウ」も、同様に、鳴き声がそのまま名前になった鳥の例です。

では、インドネシア民話の「タン・トゥッ」について、ふり返ってみましょう。

貧しい漁村に親を亡《な》くした兄弟が住んでいます。二人とも一生懸命《いっしょうけんめい》に生きています。兄は漁師《りょうし》です。弟は家事や畑仕事をしていますが、兄といっしょに海へ出たいと思っています。ようやく願いがかないましたが、悲劇《ひげき》が起きます。舟《ふね》が浸水《しんすい》したために、兄は弟にペンチとヤットコを持ってくるように命じます。弟はペンチとヤットコを持って、浜辺《はまべ》にもどりますが、兄も舟《ふね》も波にさらわれて、姿《すがた》が見えません。探《さが》し回りますが、見つかりません。悲しみのあまり、ついに弟は小鳥になってしまいました。

とても悲しい話です。民話には「めでたし、めでたし」で終わる話もありますが、このように悲しい話も多くあります。

この話のポイントは、鳥の名前の由来です。いずれも大工道具で、「タン」はインドネシア語で「ペンチ」、「トゥッ」は「ヤットコ」のことです。「タン・トゥッ」という鳥の悲しそうな鳴き声から、このような悲しい民話として伝えられるようになったのかもしれません。

③金のカタツムリ――カタツムリになった王女様（東ジャワ地方の民話）

中国南部の古い民話集に「カタツムリ娘《むすめ》」という、次のような話があります。

「ある日、漁師《りょうし》がつりをしていると、とても大きなカタツムリがとれました。それを家に持って帰り、おけの中に入れておきました。次の日から、漁師《りょうし》が家に帰ると、いつも食事の用意ができていました。そんな日が何日も続きました。不思議に思った漁師《りょうし》は、食事の用意ができる頃《ころ》に、こっそりとかくれて、様子をうかがっていました。すると、美しい娘《むすめ》が貝を入れたおけの中から出てきて、料理を作るではありませんか。漁師《りょうし》がその娘《むすめ》をつかまえると、娘《むすめ》はもう貝にはもどれなくなりました。この娘《むすめ》と漁師《りょうし》は結婚《けっこん》し、子どもが生まれました。子どもは友だちから、お前の母さんはカタツムリだとばかにされました。その話を聞いた母親ははずかしくなり、貝がらの中にかくれてしまい、二度と人間の姿《すがた》にはもどれなくなりました」

インドネシアの「金のカタツムリ」は、中国の「カタツムリ娘《むすめ》」とよく似《に》たモチーフを持っています。次のような共通点があります。

- カタツムリを手に入れて、家に持って帰る。
- そのカタツムリが美しい娘《むすめ》の姿《すがた》に変身する。
- 留守《るす》中に、娘《むすめ》は毎日料理を作る。
- 不思議に思って、こっそりと様子をうかがうと、娘《むすめ》はカタツムリであることがわかる。

では、インドネシアの「金のカタツムリ」にだけ見られる点に注目してみましょう。

ダハ王国の王女様は婚約者《こんやくしゃ》と別れ、王宮を追われてさまよい歩くうちに、カタツムリに変身させられてしまいます。そして、おばあさんにひろわれます。最後は、王女様を探《さが》し求めていた婚約者《こんやくしゃ》と再会《さいかい》し、幸せに暮《く》らします。

実はこの話の流れは、「パンジ物語」という十五世紀に作られた物語が基礎《きそ》になっています。「パンジ物語」の舞台《ぶたい》は、十一世紀の東部ジャワのある王国です。主人公はパンジという王子様で、別れた婚約者《こんやくしゃ》を探《さが》し求めて、最後は再会《さいかい》し、結婚《けっこん》するという話です。ただし、この話には、王女様がカタツムリに変身するというモチーフはありません。

以上から次のようなことが、わかると思います。

インドネシアの「金のカタツムリ」は、中国の「カタツムリ娘《むすめ》」の話のモチーフが「パンジ物語」の影響《えいきょう》を受けて、インドネシア独特の話に作りあげられたのではないかと思われます。

④二羽のチョウ（蝶《ちょう》）——チョウになった王女様と若者《わかもの》（中部ジャワ地方の民話）

この民話は、中部ジャワのスラカルタという古都に伝わる話です。話の流れを確認《かくにん》しておきましょう。

王様の夢《ゆめ》の中に、姿《すがた》かたちのみにくい若者《わかもの》が現れます。目がさめた瞬間《しゅんかん》に、ニワトリが三度鳴きます。同じ夢《ゆめ》を七晩《ななばん》続けて見たので、不思議に思った王様は、占《うらな》い師《し》にたずねますが、心配ないと言われます。ある時、アタス・アンギン国の若《わか》い王様が王女様と結婚《けっこん》したいと言って、やってきます。しかし、王女様は結婚《けっこん》したくない様子です。そんな時、王様が夢《ゆめ》に見た若者《わかもの》が現れます。この若者《わかもの》も王女様と結婚《けっこん》したいと言います。王女様もこの若者《わかもの》を好きになったようです。王様は王女様と結婚《けっこん》したいならば、若者《わかもの》に花園を造《つく》れと命じます。若者《わかもの》はチョウの姿《すがた》になり、庭を花園に変えます。しかし、王様に命じられた兵士は若者《わかもの》の後をつけ、若者《わかもの》がぬいだ服を焼いてしまいます。そのために、若者《わかもの》はチョウのままで、人にもどれなくなります。王女様は若者《わかもの》の服が焼かれたことを知り、若者《わかもの》も焼かれたと思って、悲しみます。そして、ある夜、若者《わかもの》はチョウの姿《すがた》で王女様の部屋に飛んでいき、王女様をチョウに変身させます。こうして二人は、人の姿《すがた》では結婚《けっこん》できませんでしたが、チョウになって、幸せになることができたのです。

話の流れは以上です。この話の中に、民話によく使われるモチーフがあるのに気がつきましたか。まずは、「王様が不思議な夢《ゆめ》を見る」ことです。「ラジャ・ムダとキジ」でも述《の》べたように、ここでも夢《ゆめ》は重要な意味を持っています。人々の運命を変えてしまうからです。次に、数字の「三」と「七」です。この数字がインドネシアの民話で、よく使われることは、すでに説明したとおりです。ここでは、「ニワトリが三度鳴く」「同じ夢《ゆめ》を七晩《ななばん》続けて見る」ということに注目してください。

日本にも人がチョウになる話があります。江戸時代の舞踊《ぶよう》「蝶《ちょう》の道行《みちゆき》」です。結婚《けっこん》できなかった恋人どうしがチョウに変身して、旅をするという内容《ないよう》です。この舞踊《ぶよう》がインドネシア文化の影響《えいきょう》を受けたのかどうかは、残念ですが、まったくわかりません。

⑤白い手長ザル――手長ザルになった娘《むすめ》（西スマトラ地方の民話）

インドネシアには三〇種類ものサルが生息しているそうです。ですから、インドネシア人にとって、サルはとても身近な動物だと言えます。

「白い手長ザル」は、娘《むすめ》がサルに変身するという話です。婚約者《こんやくしゃ》がいるのに、ほかの人と結婚《けっこん》したからです。しかし、その婚約者《こんやくしゃ》もまた約束を破《やぶ》ってほかの人と結婚《けっこん》したために、船が沈没《ちんぼつ》して死んでしまいます。この話の教訓は、約束を破《やぶ》ると不幸になるということです。同時に、これはインドネシア民話では重要なモチーフなのです。

では、話にそって、そのほかのモチーフを確認《かくにん》してみましょう。

・主人公のプティ・ジュイランはある人の夢《ゆめ》を見ます。しかし、その人はパーティーにはやってきませんでした。民話の中で、夢《ゆめ》は重要な役割《やくわり》を持つことは、すでに説明しました。夢《ゆめ》に見た人と出会い、プティ・ジュイランの運命は大きく変わることになります。

・インドネシア民話において、三は重要な数字だということは、すでに述《の》べましたが、ここでも三という数字が使われています。プティ・ジュイランは婚約者《こんやくしゃ》が航海に出てから三年目に、ほかの人の求婚《きゅうこん》を受け入れてしまいます。また、プティ・ジュイランが手長ザルに変身する瞬間《しゅんかん》も、三という数字が使われています。結婚式《けっこんしき》の時のことです。三つ目の問いに対して、屋根に飛び乗り、手長ザルの姿《すがた》になっていきます。

このように、この話もまた、インドネシア的なモチーフがちりばめられています。インドネシアには、このほかにも人がサルに変身する民話があります。スマトラ島から遠くはなれた東インドネシアのロティ島の民話、「従順《じゅうじゅん》でない孫娘《まごむすめ》」です。祖母《そぼ》がいたずらな孫娘《まごむすめ》をサルに変身させるという話です。

「白い手長ザル」や「従順《じゅうじゅん》でない孫娘《まごむすめ》」に出てくる「サル」という動物のイメージは、決してよくはありません。しかし、サルは悪いイメージばかりではありません。プラスのイメージもあります。インドネシアやそのほかの地域《ちいき》について、プラス・イメージの例をあげてみましょう。

インドの古い説話「ラーマーヤナ物語」に登場する、ハヌマンというサル軍団の隊長は、話の主人公ラーマ王子を助けて、大活躍《だいかつやく》します。インドからインドネシアにもこの話は伝わり、インドネシア人ならだれでも知っています。また、中国の「孫悟空《そんごくう》」も、三蔵法師《さんぞうほうし》を守る重要な役割《やくわり》をします。日本でも「桃太郎《ももたろう》」にはサルが出てきて、桃太郎《ももたろう》を助ける大切な役をしています。そして、神道《しんとう》ではサルは神の使者だとも言われています。このように、サルにはプラスのイメージもあるのです。

二章　日本の民話、世界の民話と似《に》ている話

ここでは、日本の民話や世界の民話とよく似《に》ている話を四つ紹介《しょうかい》します。インドネシアにはこれらの話だけではなく、日本や世界の民話と似《に》ている話がたくさんあります。

どうして似《に》ているかというと、いろいろな理由が考えられます。偶然《ぐうぜん》に同じ話が生まれるということもあるでしょう。また、人は住んでいる所に関係なく、同じような考え方をすることもあるでしょう。しかし、話の多くは、人の移動や交流などによって、ある所から別の所へと移動するからです。また、本などによって、遠くはなれた地域《ちいき》にまで伝えられていくこともあります。

①シカとヤドカリの競走――「ウサギとカメ」と似《に》ている話（マルク地方の民話）

この話の始めの部分には、マルク地方の美しい自然が描《えが》かれています。砂浜《すなはま》、草地、岩場、そしてそこに住む動物、陸の方に向かうと美しい森があります。ちょっと想像《そうぞう》してみてください。話の舞台《ぶたい》はこのような場所です。主役は砂浜《すなはま》に住むヤドカリと森に住むシカです。

この話のテーマは「競走して、弱い者が強い者に勝つ」です。ヤドカリは弱い者の代表で、シカは強い者の代表として登場します。話の流れは次のようになっています。

・ヤドカリとシカが口論《こうろん》する。
・競走して負けた者が、浜辺《はまべ》を出ていくことにする。
・ヤドカリは知恵《ちえ》を使って、競走に勝つ。
・負けたシカは森へ帰っていく。

この話に似《に》ているのが、イソップの「ウサギとカメ」です。次のような内容《ないよう》です。

「ウサギとカメが足の速さのことで口論《こうろん》します。そして、競走の日時と場所を決めて別れます。競走の日が来ました。ウサギはもともと足が速いので、真面目《まじめ》に走らず、道からそれて、ねむりこんでしまいます。一方、カメは自分がのろいのを知っているので、一生懸命《いっしょうけんめい》に走り続け、先にゴールします」

このニつの話を比べてみると、次のようなことがわかります。話のテーマはどちらも「競走して、弱い者が強い者に勝つ」で、同じです。しかし、話の教訓がまったくちがいます。「シカとヤドカリ」では「弱い者は知恵《ちえ》を使いなさい」で、「ウサギとカメ」では、「強いからといって油断《ゆだん》してはいけない」ということです。

「競走して、弱い者が強い者に勝つ」という話はインドネシアやイソップの話だけではなく、世界中にあります。例えば、インドの古い教訓的寓話集《ぐうわしゅう》『パンチャタントラ』では、ガルーダ（インドの伝説に出てくる巨大《きょだい》な鳥）とカメが競走して、カメが勝ちます。カンボジアの民話では、カタツムリがウサギに勝ちます。インドネシアでは、「シカとヤドカリ」以外にも、「サルとナマコ」「シカとカタツムリ」などの民話があり、どれも弱い者が勝っています。

しかし、これらの話が、どこで生まれ、どのように移動したかは、わかりません。

②アンデアンデ・ルムトー――インドネシアの「シンデレラ物語」（東ジャワ地方の民話）

まず、この話の内容《ないよう》を確認《かくにん》しておきましょう。

東ジャワ地方のダダパン村に住む、母親と三人の娘《むすめ》が登場します。とても性格《せいかく》のよい末《すえ》娘《むすめ》のクニンは、母親からいじめられます。例えば、毎日川でたくさんの洗《せん》たくや洗《あら》い物をしなければなりません。クニンはいじめられても、がまんしていました。しかしある日、がまんできなくなり、神様においのりをします。すると、一羽のコウノトリが飛んで来て、クニンを助けてくれます。

そしてある時、ある王国のアンデアンデ・ルムトという王子様は、お妃《きさき》になる人を探《さが》すために、国中におふれを出します。クニンの母親はそれを知り、二人の姉娘《あねむすめ》を王宮へ行かせます。クニンも行きたいと思いましたが、母親は許《ゆる》しません。そこで、クニンは神様においのりします。すると、またコウノトリが助けてくれて、無事王宮へたどり着き、王子様と会うことができます。心が美しいことを見ぬいた王子様は、結婚《けっこん》相手としてクニンを選びます。こうして、クニンは幸せになることができました。

「アンデアンデ・ルムト」を読んだ感想は、いかがでしたか。みなさんが知っている「シンデレラ物語」とは少しちがうと思ったかもしれません。みなさんが知っている「シンデレラ物語」は、フランスの『ペロー童話集』（十七世紀）の中にある話です。継母《けいぼ》（ままはは）にいじめられているシンデレラは、つらい毎日を過《す》ごしています。しかし、妖精《ようせい》の助けを借りて、王子様と結婚《けっこん》して、幸せになるという話です。

ペローの「シンデレラ物語」とインドネシアの「シンデレラ物語」は、細かい部分ではちがいがありますが、実は、話の基本的なモチーフは共通しているのです。次のような構成《こうせい》です。
・末娘《すえむすめ》が母親（または継母《けいぼ》）にいじめられる。
・いじめられた娘《むすめ》が人間以外の者に助けられる。
・その助けを借りて、王子様と結婚《けっこん》できる。
インドネシアには東ジャワの「アンデアンデ・ルムト」のほかにも、いくつかの「シンデレラ物語」があります。ハルマヘラ島の「シンデレラ物語」では、ワニが娘《むすめ》を助けます。また南スラウェシ地方の「シンデレラ物語」では、魚が娘《むすめ》を助けます。このように、水辺で話が進み、水に関係が深い動物が登場するのです。

もう気づいていることでしょうが、インドネシア民話の中では、不思議な出来事は、川、湖、海などの水辺で起きることが多いのです。

インドネシアやフランスだけではなく、「シンデレラ物語」は世界中に広く分布しています。例えば、ヨーロッパ、中国・韓国《かんこく》などの東アジアなどにもあります。日本にも似《に》た民話（「米福粟福《こめぶくあわぶく》」「紅皿欠皿《べにざらかけざら》」）があります。

古くは、口から口へと語り伝えられていましたが、文字で書かれたもので最も古い話は中国の「シンデレラ物語」で、「葉限《ようげん》」という九世紀に記録された民話です。実際に「葉限《ようげん》」という民話が生まれたのは、九世紀よりも古い時代だと思われます。

また、インドネシアの「シンデレラ物語」は中国の「シンデレラ物語」とよく似《に》ていることから、証明《しょうめい》することはできませんが、中国からインドネシアへと伝えられたのかもしれません。

神話を研究している学者の話では、「シンデレラ物語」の原型の発生は、旧石器《きゅうせっき》時代にさかのぼるということです。

古い話ほど、世界に広く分布しているということがわかります。

③ジョコ・タルブ――「羽衣《はごろも》説話」と似《に》ている話（中部ジャワ地方の民話）

「羽衣《はごろも》説話」は世界中に分布していることで有名な民話です。西はヨーロッパから、東はアジア・太平洋地域《ちいき》まで、世界中に広がっています。なかでも、インドネシアは「羽衣《はごろも》説話」の「豊作《ほうさく》地帯」です。西はアチェから東はパプアまで、インドネシアのほぼ全域《ぜんいき》に分布しています。

「ジョコ・タルブ」は、典型的な「羽衣《はごろも》説話」です。この話のモチーフは次のとおりです。

・天女《てんにょ》が地上に舞《ま》い下りてくる。
・若者《わかもの》が天女《てんにょ》の羽衣《はごろも》をかくしてしまう。
・天女《てんにょ》と若者《わかもの》が結婚《けっこん》する。
・若者《わかもの》が天女《てんにょ》との約束をやぶる。
・若者《わかもの》がかくした羽衣《はごろも》を天女《てんにょ》が見つけて、天界へ帰る。

口頭伝承《こうとうでんしょう》（口から口へ伝えられる話）としての「羽衣《はごろも》説話」が、いつ、どこで生まれたのかわかりません。しかし、記録に残る最も古い類話（似《に》ている話）は、中国とインドにあります。

中国の類話は「鳥の女房《にょうぼう》」という話です。この話は『捜神記《そうしんき》』という四世紀にまとめられた物語集の中にあります。話は次のように構成《こうせい》されています。

・若者《わかもの》が田んぼで六、七人の娘《むすめ》を見かける。

・若者《わかもの》は、その中の一人がぬいだ毛の衣《ころも》をかくす。
・毛の衣《ころも》が見つからない娘《むすめ》は飛び立てない。
・娘《むすめ》は若者《わかもの》と結婚《けっこん》する。
・ある日、稲束《いなたば》の下から毛の衣《ころも》を見つけ、空に飛び立っていく。

この中国の話は「ジョコ・タルブ」によく似《に》ていると思いませんか。中国の話では、天女《てんにょ》ではなく、毛の衣《ころも》をぬいで、鳥が娘《むすめ》に変身したことになっています。くわしくは述《の》べませんが、インドにはさらに古い「羽衣《はごろも》説話」タイプの話があるようです（紀元前一五〇〇年頃《ごろ》）。

インド文化は古くからインドネシアに影響《えいきょう》をあたえています。世界遺産《いさん》として有名なボロブドゥール寺院（八世紀～九世紀）はインド仏教の影響《えいきょう》を強く受けた寺院です。石造《づく》りのこの寺院のかべにほられたレリーフには、天女《てんにょ》が飛ぶ姿《すがた》が見られます。それは仏教説話の一場面で、「羽衣《はごろも》説話」によく似《に》ている物語なのです。

歴史的に見ると、インドネシアはインド文化や中国文化の影響《えいきょう》が強いので、「羽衣《はごろも》説話」もこれら二つの文化の影響《えいきょう》を受けているのだと思われます。

では、最後に日本の「羽衣《はごろも》説話」を紹介《しょうかい》しましょう。記録にのこる最も古い「羽衣《はごろも》説話」は『近江国風土記《おうみのくにふどき》』、『丹後国風土記《たんごのくにふどき》』（八世紀）におさめられた話です。鳥の姿《すがた》で舞《ま》い下りた天女《てんにょ》が羽衣《はごろも》をぬすまれるという話です。また、江戸時代に作られた沖縄《おきなわ》の歴史書にも「羽衣説話《はごろもせつわ》」があります。この話は「ジョコ・タルブ」と同じように、羽衣《はごろも》は稲束《いなたば》の下にかくされます。これらの「羽衣説話《はごろもせつわ》」がいつ頃《ごろ》どこから日本に入ってきたかはわかりません。

以上から、「羽衣説話《はごろもせつわ》」は世界に広く分布しているということと、とても古くから語り伝えられてきた話だということがわかります。

④デウィ・スリ＝稲《いね》になった王女様――『古事記《こじき》』『日本書紀《にほんしょき》』の説話と似《に》ている話（西ジャワ地方の民話）

インドネシア人なら子どもでも、デウィ・スリという女神の名前を知らない人はいません。昔から、稲《いね》を守る女神《めがみ》だと信じられてきました。死んで土にうめられたデウィ・スリの体から稲《いね》などの作物が生えてきた、という伝説があるのです。

このように、インドネシアには、稲《いね》などの作物が死体から生えてくるというモチーフが、多く分布しています。このモチーフは、作物がどのようにして生まれたかという「作物起源《きげん》説話」のひとつです。「作物起源説話《きげん》」には、このほかに、鳥や犬などの動物が作物をもたらした、などというモチーフもあります。

インドネシア人にとって、主食であるお米はとても大切なものです。インドネシア人はよく「お米を食べないと食事をした気がしない」と言います。わたしがインドネシアに住んでいた時も、よくこの言葉を聞きました。

では、「デウィ・スリ」の話を、ちょっとふり返ってみましょう。

この話は、天界に住む神々の話です。主人公のデウィ・スリ、バタラ・グルという一番上の位にいる神様、バタラ・ナラダという年寄《よ》りの神様、バタラ・アンタというヘビの姿《すがた》の神様などです。これらの名前はみんなインド系の名前です。バタラ・グルというのは、インドネシアの中でも、ヒンドゥー教の影響《えいきょう》を受けた地域《ちいき》で語り伝えられてきた神様です。インドネシアのジャワ島で、ヒンドゥー教を信仰《しんこう》する王国が栄えたのは七世紀にさかのぼります。ですから「デウィ・スリ」の話は、それより後に生まれた話だと思われます。

不思議なことに、日本にも「デウィ・スリ」によく似《に》た説話があります。『古事記《こじき》』と『日本書紀《にほんしょき》』の中にあります。ここでは『古事記《こじき》』の中にある話を紹介《しょうかい》しましょう。

「ある日、アマテラスの弟、スサノオノミコトは食事をしたいと思いました。そこで、オオゲツヒメという女神《めがみ》に食べ物がほしいとたのみました。オオゲツヒメは自分の鼻、目、尻《しり》などから、いろいろな材料を出して、料理を作りました。その様子をのぞき見たスサノオノミコトは、きたなくて、いやだと思いました。そして、オオゲツヒメを殺してしまいました。すると、殺されたオオゲツヒメの頭からは蚕《かいこ》が、目からは稲《いね》が、耳からは粟《あわ》が、鼻からは小豆《あずき》が、股《また》からは麦が、尻《しり》からは豆《まめ》が生まれました」

　注目したいのは、「女神《めがみ》の目から稲《いね》が生えてきた」という部分が、「デウィ・スリ」と『古事記《こじき》』の「オオゲツヒメ」の話に共通している点です。目というのは人間にとって、いちばん大切な部分です。そして、お米は日本でも、インドネシアでも主食として、とても大切な食べ物なのです。

　『古事記《こじき》』も『日本書紀《にほんしょき》』も八世紀に成立しました。ですから、それ以前から日本でも、「デウィ・スリ」にとてもよく似《に》た話が語られていたことがわかります。

　しかし、残念ですが、この二つの話がどのように影響《えいきょう》し合って成立したのかは、わかりません。

　死体から作物が生じたというモチーフは、日本やインドネシアだけではなく、アジア・太平洋地域《ちいき》に広く分布しています。その例をいくつか紹介《しょうかい》しましょう。例えば、殺された人間やウナギの頭からココヤシが生えてきた、という話はフィリピンや南太平洋に分布しています。また、ニューギニア周辺には、ウナギやヘビの死体からヤムイモ、タロイモ、サトウキビなどが生えてきたという話があります。

古代の人々は、死は終わりではなく、再生《さいせい》（もう一度生まれる）だと考えていたのかもしれません。

絵筆を置いて

小学生のころ、私は読みものが苦手な少年でした。むしろきらいだったと言った方が当たっているかもしれません。四年生の時、腎臓病《じんぞうびょう》にかかり二か月半ほど学校を休んだときのこと、担任《たんにん》の先生が見舞《みま》いに来られ、「曽我兄弟物語《そがきょうだいものがたり》」をいただきました。ところが、ちょっとページをめくってはすぐあきてしまい、しばらくして、また読もうと手にとってもなかなか興味《きょうみ》を持てず、結局その本は枕元《まくらもと》にずっと置かれたままになっていて、子供《こども》心《ごころ》にも先生に申しわけないなと思ったものです。

そんな読みものぎらいの私を夢中《むちゅう》にさせたのは、実は漫画《まんが》でした。時代もの、スポーツもの、ギャグマンガ、空想ものなどストーリーの面白さはもちろんでしたが、特に漫画《まんが》の中の絵をながめたり見たりするのが大好きで、自分でも、自由帳や、わら半紙〈現在のコピー用紙のようなもの〉に描《か》いては楽しんでいました。

その後、おとなになっても絵が好きだった私は、あるとき「少年少女世界文学全集」という読みものに出合ったのです。色刷りの大きなさし絵のあまりのすばらしさに、思わず全巻《ぜんかん》そろえてしまいました。買ってからは、ひまがあればさし絵をながめてばかり。文学全集は読むのではなく、私にとっては絵を見て楽しむための買い物でした。

思うに、読みものの中のさし絵というものは、おとなでさえも夢中《むちゅう》にさせてしまう力を持っているのだと思います。みなさんが読書されるときのことを思い出してみてください。ストーリーを読み進めていくうちに、次から次へとさまざまな情景《じょうけい》が頭の中にうかんできませんか。自分の中で想像力《そうぞうりょく》を働かせ、そして、さし絵を見て、さらに物語の世界に興味《きょうみ》を持たれたはずだと思います。

今回、この民話のさし絵を描《か》くにあたって、カラーではなく、黒一色だけでみなさんの想像力《そうぞうりょく》にかなうような絵が描《か》けるのだろうかと心配もありましたが、少しでもプラスになるようにと、私なりにがんばってみました。

みなさんが読みものと同時に、さし絵によってインドネシアという国に関心を持たれ、理解《りかい》を深めることができましたなら、これほどうれしいことはありません。

最後にこの本の編《へん》・訳者《やくしゃ》で、また小学校時代の同級生の百瀬侑子《ももせゆうこ》さん、印刷のために必要な原稿《げんこう》を作成してくださったデザイナーの浜英男《はまひでお》さんに、厚くお礼を申しあげます。

渡辺《わたなべ》　政憲《まさのり》

二〇一六年一二月

おわりに

インドネシア民話の旅も無事終えることができました。いかがでしたか。楽しかったですか。面白《おもしろ》かったですか。この旅が初めてだったみなさんもいるでしょう。『インドネシア民話の旅』(二〇一五年九月刊行《かんこう》)を読んだみなさんにとっては、これは二度目の旅でした。インドネシア民話を読んでみて、「こんなことはありえない」と思った方が多いことでしょう。しかし、登場人物の生き方や心の動きに注目してみてください。人を愛したり、憎《にく》んだり、喜んだり、悲しんだりなど、今のわたしたちが持つ感情と同じ感情が描《えが》かれています。また、一生懸命《いっしょうけんめい》に生きる人、約束を破《やぶ》るなど決してしてはいけないことをしてしまう人などが登場し、生きていくための知恵《ちえ》や教訓が語られています。現代でも通用する知恵《ちえ》や教訓です。現代人にとっても、民話から学べることはたくさんあります。このような視点《してん》から、もう一度読んでみてください。

わたしがみなさんに伝えたいことは、ほかにもあります。民話そのものも旅をするのです。どういう意味かというと、民話は口から口へと語りつがれ、ある土地から別の土地へと移動するからです。具体的には、人の移動や交流(移住、交易《こうえき》、旅、結婚《けっこん》など)によって、民話もまた移動します。民話が旅をする間に、各土地の文化や風土の影響《えいきょう》を受けながら、少しずつ、時には大きく話が変化していきます。後の時代には、本などによって、はるか離《はな》れた地域《ちいき》まで、伝えられていきます。

個人的なことですが、わたしは六年前に、大きな手術《しゅじゅつ》を受けて、現在も病気と闘《たたか》っています。そんなわたしにとって、インドネシア民話を多くの人々に知っていただくことは、大きな喜びです。この本の読者の中には、病気と闘《たたか》っている人もいるかと思います。どうか希望を持って生きてください。

わたしにとって、インドネシア民話のことを小学生もわかるように書くことは、とても難《むずか》しいことでした。でも、さし絵やカットに助けられて、わかりやすく、楽しい本になったと思います。さし絵やカット、カバーデザインを担当してくださった渡辺さんのおかげです。そして、この本の企画《きかく》、編集《へんしゅう》、出版《しゅっぱん》については、つくばね舎社《しゃ》長の谷田部《やたべ》さんにいろいろ助けていただきました。お二人に深くお礼を申しあげます。そして、わたしを応援《おうえん》してくださった大勢のみなさんに感謝《かんしゃ》いたします。

二〇一六年一二月

百瀬《ももせ》　侑子《ゆうこ》

参考文献（インドネシア語の民話資料）＊出版年順

①グラシンド社文化教育シリーズ

・Cerita Rakyat dari Kalimantan Selatan, Grasindo, 1993
・Cerita Rakyat dari Maluku, Grasindo, 1994
・Cerita Rakyat dari Sumatra Utara 2, Grasindo, 1996
・Cerita Rakyat dari Simalungun（Sumatra Utara), Grasindo, 1996
・Cerita Rakyat dari Jawa Timur, Grasindo, 1997
・Cerita Rakyat dari Surakarta 2（Jawa Tengah), Grasindo, 1997
・Cerita Rakyat dari Minahasa 2, Grasindo, 1999
・Cerita Rakyat dari Aceh 2, Grasindo, 2001
・Cerita Rakyat dari Sumatra Barat 3, Grasindo, 2001
・Cerita Rakyat dari Bangka 2（Sumatra Selatan), Grasindo, 2002
・Jaka Tarub dan Bidadari（Jawa Tengah), Grasindo, 2004

②インドネシア共和国教育文化省刊行による民話シリーズ

・Tjerita Rakyat I, diusahkan oleh Urusan Adat dan Tjerita Rakyat Djawatan Kebudayaan

Departemen P.D.K, P.N. Balai Pustaka. 1963
· Tjerita Rakyat II, diusahkan oleh Urusan Adat dan Tjerita Rakyat Djawatan Kebudayaan Departemen P.D.K, P.N. Balai Pustaka. 1963
· Tjerita Rakyat III, diusahkan oleh Urusan Adat dan Tjerita Rakyat Djawatan Kebudayaan Departemen P.D.K, P.N. Balai Pustaka. 1963
· Tjerita Rakyat IV, Lembaga Sedjarah dan Antropologi Dit.Djen. Kebudayaan Departmen P dan K. Balai Pustaka. 1972
· Cerita Rakyat V, Lembaga Sejarah dan Antropologi Dit.Djen. Kebudayaan Departmen P dan K. Balai Pustaka. 1972
· Cerita rakyat Sulawesi Selatan oleh Proyek Penelitian dan Pencatatan Kebudayaan Daerah. Proyek Penerbitan Buku Sastra Indonesia dan Balai Pustaka. 1981

③その他

· Dewi Sri. Cerita dari Jawa Barat. Citra Budaya. 1985
· Kumpulan Cerita Rakyat Nusatara. Sumbi Sambangsari. 2008

〈内容〉
◇インドネシア民話の特徴…森の民話、鳥の民話、家族、老人力、親不孝
◇世界の民話とのつながり…稲の民話、羽衣説話、シンデレラ、サルタヒコ、
海幸彦・山幸彦、わらしべ長者、子引き裁判、呪的逃走譚、豆鹿カンチル

百瀬侑子著

インドネシア民話の旅
――小学生からおとなまで

A五判一四〇頁　本体価格九八〇円

インドネシア各地の民話15話を採録、小学高学年生からおとなまで楽しめる民話集。さし絵とていねいな解説をつける。民話の持つ普遍性・暮らしへの思いを味わい知ることができる。

◇家族の話…父の遺言、親不孝な息子、魔物からにげる娘、賢い末っ子、他
◇動物の話…賢い豆鹿、動物たちの友情、カラスとオオカミ、サギに復しゅうされた
　サル、水牛とカエルの競走
◇日本の民話と似ている話…インドネシアの一寸法師、サル・カメ合戦、欲深な兄と
　慈悲深い弟＝インドネシアの舌切りスズメ、一匹の蚊から王様になる＝
　インドネシアのわらしべ長者

筆者・作画者プロフィール

百瀬侑子（ももせゆうこ）

1946年、埼玉県秩父市生まれ。

埼玉大学教養学部卒業。筑波大学大学院修士課程（日本語教師養成プログラム）修了。東京大学大学院博士課程（総合文化研究科）中退。

企業・団体勤務を経て、1984年国際交流基金日本語教育専門家としてインドネシア国立スラバヤ教育大学へ派遣される。1989年3月より新設の国際交流基金日本語国際センター勤務（2000年まで）。その間に、インドネシア国立ガジャマダ大学（1992年～1995年）、ジャカルタ日本語センター（1998年～2000年）へ派遣される。

著書　『ジョクジャ雑記―日本語教師が見たインドネシア―』（2002年　つくばね舎）、『知っておきたい戦争の歴史―日本占領下インドネシアの教育―』（2003年　つくばね舎）、『インドネシア民話の世界―民話をとおして知るインドネシア』（2013年　つくばね舎）、『インドネシア民話の旅―小学生からおとなまで―』（2015年　つくばね舎）

渡辺政憲（わたなべまさのり）

1946年、千葉県市川市生まれ。

1968年、桑沢デザイン研究所パッケージデザイン科卒業。同年、凸版印刷（株）トッパンアイデアセンターに入社、一貫してパッケージ関連のアートディレクション、デザイン業務を担い、2009年、定年退社。元、社団法人日本パッケージデザイン協会会員

続 インドネシア民話の旅―小学生からおとなまで―

ⓒ **編・訳者**　百瀬　侑子

2017年1月20日　初版発行

発行所　**株式会社つくばね舎**

〒277-0863　千葉県柏市豊四季379-7

TEL・Fax04-7144-3489　Eメール　tukubanesya@mx3. ttcn. ne. jp

発売所　**地歴社**

〒113-0034　東京都文京区湯島2-32-6

TEL 03-5688-6866　Fax 03-5688-6867

印刷・製本　モリモト印刷株式会社